ベリーズ文庫

天才ドクターは懐妊花嫁を滴る溺愛で抱き囲う

蓮美ちま

STARTS
スターツ出版株式会社

目次

天才ドクターは懐妊花嫁を滴る溺愛で抱き囲う

特別書下ろし番外編

天才ドクターは懐妊花嫁を
滴る溺愛で抱き囲う

プロローグ

見た目以上に逞しい腕に頬と腰をホールドされ、服越しにも伝わる体温に鼓動が速まっていく。

(な、なんで……?)

驚愕で涙は止まり、固まったまま何度もぱちぱちと瞬きを繰り返す。

ただ、突然与えられたキスに意外なほど嫌悪感は湧かなかった。

合わさるだけの唇が離れていく気配に喉を震わせると、名残惜しそうに舌の先で下唇を舐められビクッと肩が揺れる。

「み、御剣《みつるぎ》せん、せい……?」

自分たちは決してキスを交わすような仲ではなく、頭の中ははてなマークだらけ。

「泣くな」

彼は低い声でそれだけ言うと、再び顔を寄せてきた。

涙を止めるだけならば、もうその目的は達成されている。それでも彼はもう一度唇を重ねた。

先程の唇を合わせるだけのキスとは違い、舌が唇の合わせを開けろと言わんばかりに往復する。

その擽ったさと、初めてのキスで息継ぎの仕方さえわからない息苦しさから、小さな吐息とともに口が開き、あっさりと彼を招き入れてしまう。

ぬるりと絡ませられた舌の感触に、ぞくっと腰に痺れが走った。

「羽海《うみ》」

このままではいけない。

そう脳内に警鐘が鳴っているにもかかわらず、名前を呼ばれると呼応するように彼の服をぎゅっと握りしめた。

人生初のお姫様抱っこで寝室へ運ばれれば、恋愛初心者の羽海でもこのあとの展開は予想できる。

「……もしかして、初めてか?」

嘘をついても仕方がないので、正直にこくりと頷くと、彼ははっと短く息を吐き、こつんと額を合わせて羽海に覆いかぶさってくる。

「優しくする」

たったひと言、それだけでわずかながらあった恐怖心は消え去り、ただおかしいくらいに胸が高鳴っていて、心臓が壊れてしまいそうなほど鼓動が速いリズムを刻んでいる。

肌を掠める彼の手は大きくて、時折こちらを窺うように向けられる視線と同じくらい熱い。

「あ……」

真面目で優等生な羽海にとって、交際していない男女がキスをしてベッドになだれ込むなど、こんなに不誠実でふしだらなことはない。

それなのに拒絶するどころか、気遣うように優しく触れる手や唇に翻弄され、心の奥底に芽生え始めた感情を見て見ぬふりをして、自ら彼に縋り抱きついていた。

恋人同士ではないのだから甘い言葉はないけれど、全身が蕩けそうになるほどの熱と、普段の俺様で強引な彼はどこへ行ったのかと思うほどの優しさと思いやりを感じる。

きっと、この夜を後悔する日など来ない。

痛みと快感に押し流される意識の中で、羽海はそう確信していた。

1．謹んでお断りいたします

「失礼しました」

小さく会釈をして病室を出ると、成瀬《なるせ》羽海は首を捻った。

（え、どういうこと？　どうしておばあちゃんがいないの？）

七月に入り、三十度を超える日がぽつぽつと増えだした。廊下の大きな窓からは眩しいほどの西日が差し込み、細長い影が伸びている。

ここ『御剣総合病院』の十一階、整形外科の入院病棟には、羽海の祖母である成瀬貴美子《きみこ》が昨日から入院している。

実家の階段から足を踏み外し、大腿骨を骨折してしまったためだ。

物を考える時の癖で唇に手を当てる。羽海の唇はぽってりと厚みがあり、派手なリップの色を使うと余計に目立つので、選ぶのはいつも薄いピンクベージュ。

目元と鼻には特徴もなく、祖母は「目も唇もまんまるで可愛い」と言ってくれるが、自分では地味な顔立ちだと思っている。

会釈した拍子に顔にかかった栗色の長い髪を耳にかけ、羽海は考えても仕方ないと廊下を引き返す。

「あら？　羽海ちゃん、今お仕事終わり？」

「佐藤さん、こんにちは。そうなんです。祖母が昨日からここに入院してるので寄っていこうかと」

「まぁ、どこか悪いの？」

「いえ、ちょっと怪我をしてしまって」

「おぉ、成瀬さん。先週はありがとう。おかげで孫とメールのやり取りができてるよ」

「どういたしまして。木下さん、今度は写真の送り方も覚えたらもっと楽しいですよ」

途中、知り合いの入院患者に声を掛けられるたびに立ち止まって話し、一区切りついたところでスタッフステーションを目指した。

御剣総合病院は明治時代からこの地の医療の拠点を担い、数多くの診療科を抱え、最先端の高度医療を受けられる中核病院だ。

貴美子は手術が必要なため、近所の整形外科から紹介されてこの病院に搬送され、明後日には骨接合術という、骨を金属などの器具で固定し、折れた部分をくっつける手術が予定されている。

七十五歳と高齢のため手術は心配ではあったが、感染症のリスクなどから逆に早めに手術をした方がいいと主治医から説明を受けたのが昨日。

サインした同意書を持って仕事終わりに病室に寄ってみると、昨日貴美子がいたはずの四人部屋の右奥のベッドで、見知らぬ五十代くらいの女性が本を読んでいた。

ベッドの枠についている名札に書いてある名前は貴美子のものではなく、慌てて出た病室の入り口にあるプレートを確認すると、祖母の名前がなくなっている。

なにか事情があって別の病室に移ったのだろうか。

(もう。それならそうと連絡くれればいいのに)

貴美子は新しいもの好きで、羽海よりも最新モデルのスマホを使いこなしているため、普段から連絡はメッセージアプリを利用している。

連絡さえくれていれば、見知らぬ四人の入院患者にぽかんとした顔をされるようなはずかしい思いをせずに済んだのに。

穏やかだがマイペースすぎるのが玉に瑕の祖母に心の中で文句を言いながら、目当てのスタッフステーションで近くにいた看護師に声を掛けた。

「あの、すみません。昨日から入院している成瀬貴美子の家族の者ですが、病室が変わったようなので教えていただけますか？」

「はい、お待ちください。あら、成瀬さん？」

「お疲れさまです」

「ご家族のお見舞いですか？」

「はい、祖母が昨日からこちらでお世話になっていて」

顔見知りの看護師がパソコンを操作しながら、病棟のリストを確認してくれる。

すると「あ、成瀬さんって理事長の……」と呟いた後、背筋を正して羽海に向き直った。

「成瀬貴美子さんは特別病棟に移られたので、ご案内しますね」

「特別病棟？」

羽海は目を見開いて聞き返す。

この病院の特別病棟といえば、そこらのホテルよりもセレブな気分を味わえると有名な、最上階にあるハイグレードの病室だ。

五十インチの壁掛けテレビに執務作業が捗りそうなデスク、来客をもてなすための重厚なソファセットも完備されており、とても病室とは思えないほどゆったりとした間取りになっている。

スタッフステーションとは別に病棟専属のコンシェルジュもついていて、院外への買い物を頼めるなど、かなりサービスが充実していると聞く。

また、一般病棟の患者や来客の制限などセキュリティも万全で、噂では大物政治家や芸能人が利用しているらしい。

なぜ羽海が御剣総合病院の特別病棟についてここまで詳しいのかといえば、彼女もこの病院で働いているからなのだが、今はそれどころではない。

「え、成瀬貴美子ですよね？　特別病棟にいるんですか？」

「ええ。今朝からお移りいただいたみたいです」

個室はただでさえ割高な料金がかかるというのに、特別病棟だなんて一体一泊いくらするのか。

貴美子は旧華族の出身でおっとりとしたお嬢様気質ではあるが、祖父と結婚してからは質素な生活をしており、祖父と両親が他界してからは、羽海とふたり慎ましやかに生きてきた。

そんな貴美子が自ら特別病棟を望むとは考えにくい。なにかの手違いだとしたら、貴美子には何度も移動させて申し訳ないが、元の四人部屋に戻してもらわなくては。

医療保険で手術費などは賄えても、個室の病室代は出ない。一日数十万はするであろう個室に二カ月も入院だなんてことになったら、とても払いきれない。

（まずはおばあちゃんに聞いてみよう。なんの説明もなく病棟を移動になんてならないだろうし、なにか病院側から話があったはず）

案内してくれた看護師についていき最上階でエレベーターを降りると、マホガニー材の大きな扉で区切られた病棟へ入っていく。

セキュリティゲートで関係者以外は立ち入りできないようになっていて、とても病院とは思えないような造りにいちいち驚く。

豪華だと知ってはいたが、足を踏み入れたのは初めてだった。

八百を超える病床数を誇る大病院だが、最上階の特別病棟は個室がわずか三十室のみ。

人の気配のないしんと静まり返る廊下を歩き、一番奥の扉の前で看護師が「こちらです」とカードをかざすと、ピピッという電子音のあと解錠されたのがわかった。

（え？　本当にこんなところにうちのおばあちゃんがいるの？）

「ごゆっくりどうぞ」とお辞儀をしてから踵を返し元来た廊下を歩き去っていく彼女の背中を心細く見送り、羽海は目の前の扉をノックしてゆっくりと横にスライドさせた。

「はぁい？」

のんびりとした祖母の声音にホッとしつつ、羽海は室内に入る。

「おばあちゃん？　ねえ、どうしてこんな病室に移動になったのか——」

説明してほしい、と開口一番に問いたかったが、貴美子が横たわるベッドの隣にいた人物に驚き、続きが出なかった。

「羽海ちゃん、おかえりなさい」

「うん……えっと、お客さん？」

にこやかに出迎えてくれた貴美子だが、羽海はひとり掛けのソファに座る婦人が気になって仕方がない。

「多恵《たえ》さん、この子が孫の羽海ちゃんよ。羽海ちゃん、彼女は多恵さん。私の女学校時代の友人で、今朝久しぶりに再会したのよ」

「こんにちは、羽海さん」

「た、多恵さん」

「作業着を着ていないと随分印象が違うのね」

微笑んで羽海を見つめる多恵に、ベッドの上の貴美子は首をかしげて問いかけた。

「あら？　多恵さん、羽海ちゃんを知っているの？」

「ええ。たまに顔を合わせると、おしゃべりしてくれるのよ。さっき貴美子さんからお孫さんがこの病院で清掃員をしていると聞いて、もしかしたらと思っていたの」

多恵の言う通り、羽海はこの御剣総合病院で清掃の仕事をしている。

正確には『クリーン&スマイル』というビルや病院の清掃やメンテナンスをしている会社に勤めていて、以前はオフィスビルを担当していたが、去年の四月からこの病院に派遣された。

担当一年目である去年は病院敷地内の駐車場や中庭、屋上庭園など屋外の清掃を担当していて、よく花壇の花に水を遣っている多恵と一緒になった。

シンプルな黒いパンツにエプロン姿なので、ここの事務員だと思う。

垂れ目に小柄でいかにも〝可愛らしいおばあちゃん〟といった雰囲気の貴美子とは違い、切れ長の目にくっきりとアイラインを引き、背筋をピンと伸ばして歩く多恵は、若い頃はさぞやと思わせる面影が色濃く残っている。

以前、多恵がひとりで台風に備えて花壇の花にネットをかけているのに気付き、手伝いを申し出たことがあった。それがきっかけで顔を合わせるたびに他愛ない話をするようになり、いつしか年の離れた友人のように親しく話せる間柄となった。

祖母に育てられた羽海は高齢の方との話題にも困ることなく、多恵だけでなく、散歩中の入院患者とも、よくコミュニケーションを取っている。

仕事をしながらではあるが、誰かと話すことで入院している心細さを紛らわせられるならと、進んで話し相手になっていた。

「あら、そうだったの」

「そうなの。だからね、さっきの話ぴったりだと思うの。羽海さんと話していて、ずっといい子だなって思ってたんだけど、貴美子さんの孫だと知ったら、なおのことだわ」

「そうね。こうして再会したのも、羽海ちゃんがここで働いているのもご縁だわね」

貴美子は旧友との再会がよほど嬉しいのか、入院して気落ちしていた昨日とは打って変わってご機嫌だ。

しかし羽海にはどうしても確認しなくてはならないことがある。

「あの、ふたりがお友達っていうのはわかったから。どうしておばあちゃんがこの特別病棟に移動してるのか聞きたいんだけど」

盛り上がるふたりに困惑していると、羽海の後ろの扉からピピッと音がした。

回診の時間かと思い振り返ると、ノック音のあとに「失礼します」と声がして、ゆっくりと扉が開かれる。

入ってきたのは、紺色のスクラブに白衣を羽織った長身の男性。

この病院の外科医である、御剣彗《すい》だった。

名前からわかる通り、この病院の経営者一族で、院長を父に持ち、多くの施設を運営する『御剣健康財団』の理事長、通称〝女帝〟の孫でもある。

百五十六センチの羽海より三十センチは高い長身で、頭が小さく、腰の位置が高い。端正な顔立ちというに相応しい容貌は、顔のパーツを定規で測れば、きっと黄金比とぴったりと一致するであろうほどに整っている。

特に二重幅の大きな目が印象的で、下まつ毛までくっきりと認識できるほどに濃く長いまつ毛は、毎朝ビューラーとマスカラに苦戦している羽海にとって、とても羨ましい。

すっと通った鼻筋と薄い唇が恐ろしく小顔な輪郭の中にぴったりと収まり、癖のないダークブラウンの髪が若干目にかかっている。

男らしい肩幅に、スクラブのV字から覗く鎖骨が妙に色っぽく見えて、羽海は思わず目を逸らした。

「羽海さん、この子のことは知ってるかしら？」

（こ、この子……？）

多恵から投げかけられた質問の意味よりも、親しげな呼び方にぎょっとする。しかし彼女にとったらどれだけ優秀な医者だろうと院長の息子だろうと、三十そこらの年齢なら息子や孫のような感覚なのかもしれない。

彗の噂は、ただの清掃員でしかない羽海の耳にも届いている。

患者相手でも必要以上に笑顔を見せず、常に冷静で冷たさを感じさせる雰囲気の傍若無人な俺様。同じ「御剣先生」である院長や、脳外科医である彼の叔父との差別化のために、医療スタッフからは「彗先生」と呼ばれているようだが、決して親しみやすさはない。

使えない相手には容赦なく辛辣な言葉をぶつける横柄な態度で、特に向上心よりも野心を持って近付いてくる医師や、仕事そっちのけで言い寄ってくる女性には殊更に冷たい。彼らを撃退する時だけは嫌みなほど綺麗に作った笑みを貼りつけて完膚なきまでにぶった斬ってしまうらしい。

心臓血管外科医としての腕は超一流なのと、次期院長と目されているため、彼に注意できる者はいないのだとか。

そんな残念な噂を補ってあまりあるほどのイケメンぶりとハイスペックさに彗を狙う女性は後を絶たず、以前は別れ話に納得していない彼の元恋人が病院にまで押しかけてきたそうだ。その時も『そういうところが付き合ってられない要因だ』と美しい笑顔で一刀両断したらしい。

院内を清掃しているとそんな話を聞くのは日常茶飯事で、羽海は会ったこともない彗にあまりいい印象を抱いていなかった。

そんな彼が、なぜ急に祖母の病室に現れたのか。

貴美子が入院したのは骨折が原因のため、主治医は整形外科の医師だ。彗は心臓血管外科で関わりはないはずなのに。

（もしかして、おばあちゃん、なにか心臓に病気が……？）

嫌な予感が胸を掠め、心細さに身がすくむ。

羽海にとって、貴美子はたったひとりの肉親だ。高齢とはいえ、まだまだ元気で長生きしてもらいたい。

ドキドキと不協和音を刻む胸を押さえて祖母に視線を戻すと、「ふたりとも、突っ立ってないでこっちにいらっしゃい」と手招きされた。その様子は、これから深刻な病気の宣告を受ける雰囲気ではない。

促されるままダークチョコレート色の革張りのソファに座ると、向かいに多恵と彗が並んで腰を下ろした。貴美子はベッドからニコニコと眺めている。

「あの……御剣先生ですよね、心臓血管外科の」

なぜ自分が彼と向かい合って座っているのか、まったく理解できない。

戸惑いと不安を隠しきれないまま羽海が首をかしげると、多恵が喜々として話し始めた。

「知ってくれていたのね。彗のこと、どう思うかしら？」

「……はい？」

藪から棒に問われ、羽海の口から素っ頓狂な声が出た。

なんでも、孫にいい人がいないのを心配していた貴美子と多恵は、お互いの孫を会わせてみようと話が盛り上がったのだという。

「お互いの孫って……」

「だから、羽海ちゃんと彗さんよぉ。彼は多恵さんの息子さんの次男なんですって」

貴美子がベッドから楽しそうに補足するが、羽海は一瞬でその意味を理解すると、サーッと血の気が引いた。

彗はこの病院の院長の息子であり、病院やその他の施設を束ねる財団のトップ、女帝と呼ばれるほど有能な理事長の孫だ。

（ま、待って。御剣先生が多恵さんの孫ってことは……多恵さんが女帝ってこと⁉）

以前から知っている多恵といえば、中庭の花壇に水を遣っていたり、メーカーから納品されたダンボール箱を台車にのせて移動していたりとエプロン姿で細々働いていたので、てっきり事務員かなにかだと勝手に思っていた。

もちろん目上の相手に対する礼儀を疎かにしていたわけではないが、理事長だと知ると、なにか失礼なことをしていなかったか途端に不安になる。

しかし、なぜ急に病室が変わったのかの疑問も答えがわかる気がした。

「もしかして、このお部屋」

「そう、私の名前をたまたま見つけた多恵さんが今朝病室に訪ねてきてね。今ここがあいてるからって。その方がたくさんおしゃべりできていいって言ってくれるものだから、お言葉に甘えさせてもらったのよ」

「でも、この部屋すごく高いんじゃ……」

旧友に久しぶりに再会して喜んだ多恵が、気前よくこの部屋に通してくれたらしい。

それにしても、豪華すぎるこの待遇には首をかしげてしまう。

動揺して多恵を見つめる羽海に、彼女は首を横に振りながら言った。

「私が勝手にしたことだもの、支払いなんていいのよ。そんなことより、羽海さんにお付き合いしている人がいないとは聞いたのだけど、気になっている男性もいないのかしら？」

「えっと、残念ながら恋愛に縁がなくて……」

期待するような多恵の眼差しを受け、羽海は困惑しながらも正直に答えた。

「じゃあうちの孫なんてどうかしら？　私ね、羽海さんのような真面目で気立てのいいお嬢さんが彗のそばにいてくれたらって、ずっと思っていたのよ」

唐突な提案に羽海の理解は追いつかず、ただパチパチと瞬きを繰り返す。

いまだに多恵がこの大病院の理事長だったという衝撃が大きすぎて言葉が出ない羽海を置いてけぼりにするように、続けて貴美子が畳みかけるように話し出す。

「偶然多恵さんに再会したのも、孫の彗さんが羽海ちゃんと年頃が近いのも、なにかのご縁でしょう？　同じ職場というのも、なんだか運命みたいじゃない」

乙女思考の貴美子がベッドの上で興奮気味に話すが、まったくもって話についていけない。

会ったことも話したこともない男性に、どうしたら運命を感じられるというのか。

「ちょっと待って、おばあちゃん。私は御剣先生と今日が初対面で、話したこともないんだよ？」

なんだか嫌な予感がする。

ベッドの方へ向き直り、ロマンチックだと目を輝かせる祖母に釘を刺した。

「私は、きちんとお互いを知り合って理解してからお付き合いっていう一般的順序を辿りたいの」

身振り手振りを交えて説明すると、多恵が妙案を思いついたと手をたたいた。

「あら、それなら結婚を前提にうちの彗とお付き合いをしてみるのはどうかしら。ほら、彗ももう三十で、そろそろ家庭を持っていい頃だし。羽海さんがとても素敵な子だっていうのは、一年近くあなたとおしゃべりしてきた私も知っているから」

「そうね、まずはお付き合いから。その中でゆっくりお互いを理解すればいいんだもの。羽海ちゃんの言う順序通りにね」

（け、結婚を前提に、お付き合い……⁉）

突拍子もない意見に目を剥く。話の流れ的に、交際を勧められるかもと予想はしていたが、まさか結婚前提とは思ってもみなかった。

祖母の見舞いに来たはずが、なぜ突然こんな話になったのか。

いきなり祖母から結婚前提の交際を勧められたところで、受け入れられるわけがない。

「だから、そもそも知らない人と付き合えないって話で……。それに、おばあちゃんだって決められた結婚が嫌でおじいちゃんと駆け落ちしたんでしょ？　どうして急に……」

旧華族出身の貴美子は親に決められた結婚を断り、彼女の家の庭師として働いていた祖父と家を出たのだと、小さい頃から何度も聞いていた。

ロマンチックな祖父母の馴れ初めは羽海にとって憧れで、いつか貴美子のように素敵な恋がしてみたいと思っている。

それなのになぜ自分に結婚相手をあてがおうとするのか、羽海は理解できなかった。

ソファから身を乗り出してベッドの上の貴美子に反論すると、彼女は拗ねたように口を尖らせる。

「やぁね、なにも必ず彗さんと結婚なさいとは言ってないでしょう？　だけど羽海ちゃんったら、学生時代からひとりも恋人を連れてきたことがないし、おばあちゃん心配なのよ」

「う……」

そう言われると痛い。高齢の祖母は、自分がいなくなった後、ひとりぼっちになってしまう羽海をよく心配していた。

祖父は羽海が生まれる前に病気で、両親は羽海が小学校に上がる前に事故で亡くなっており、羽海は貴美子に育てられた。

保険金などで日々の暮らしの心配はなかったものの、貴美子ひとりで小さかった羽海を育て上げるのは大変だったに違いない。

寂しくないように愛情いっぱいに、かといって甘やかしすぎないように家事やマナーなどの躾をしっかり施してくれた祖母には感謝してもしきれない。

そんな祖母に心配をかけているのは心苦しいが、奥手で鈍感な羽海は初恋の記憶や淡い片思いの思い出はあるものの、恋愛経験はゼロだった。

「羽海ちゃんの年の頃には、おばあちゃんはもうあなたのお父さんを産んでたのよ」

「そうだけど、結婚とか出産だけがすべてじゃないし」

「もちろんそうよ。昔とは違うんだもの、仕事や趣味に生きる女性がいたっていいわ。だけど、羽海ちゃんはいつか結婚したいって思ってるでしょう？　せっかくのご縁だから、試しにお付き合いしてみたらどうかと思ったのよ」

二十四歳にもなって彼氏のひとりも紹介したことがない羽海を懸念し、親友の孫を推したくなるのもわからなくはない。

けれど、いくらなんでも話がまとまるのが早すぎる。

「いや、でも御剣先生なら恋人のひとりやふたりくらいいるでしょう？　先生だって突然こんな話をされて迷惑だよ」

なんとか穏便に断ろうと、自分相手では彗が迷惑してしまうと理由をつけたが、多恵によってあっさり却下された。

「その点は大丈夫。彗も私に紹介できるような女性はいないようだし。どうかしら、試しに一緒に住んでみるというのは」

「えっ？」

結婚前提の交際だけでも突飛な話だというのに、さらにとんでもない提案を投げかけられ、羽海は目を見開いた。

「さっき貴美子さんから聞いたのだけど、近所で物騒な話があるんでしょう？」

「そうそう、私が入院することになってしまって、あの古い家に羽海ちゃんひとりでは心配だったのよ。ほら、先々週の回覧板で、近所に若い女性があとをつけられる被害が何件か起きてるって書いてあったじゃない？」

「そうだけど、警官が巡回してるって」

「なに言ってるの。それだけじゃ不安だわ」

「そうよ、羽海さん。なにかあってからでは遅いのだし」

彼女たちの言い分は至極正論で、その通りだと思う。

自分の家の近くで不審者が出たと聞けば怖いし、セキュリティも甘い木造の古い一軒家に二カ月近くひとりで過ごすのは不安しかない。

だからといって、見知らぬ男性と急にお試し同居などあり得ない。

そんな思いを込めて祖母を見つめ首を横に振ったが、彼女は穏やかに微笑み、大丈夫だと頷いてみせた。

「多恵さんの話ではね、彗さんは仕事熱心で生真面目な性格らしいの。それから、これと決めたら一直線な一途さもあるんですって。素敵でしょう？ ふふっ、茂雄《しげお》さんもそうだったのよ。だから、きっと大丈夫」

祖父に似ていて素敵だから大丈夫と無邪気に笑う祖母に目眩がする。

ふと、羽海はここまで無言を貫いている彗が気になり、そちらを見やる。

多恵の隣に座る彼は噂に違わぬイケメンで、女性に不自由などしていないだろう。

きっと断ってくれるはずだと縋るような目で彗を見ると、正面のテーブルに落としていた視線を上げ、その眼差しが羽海に向けられた。

初めて真っすぐに目と目が合い、その力強い瞳に自分が映っている。

彼をよく思っていない羽海でさえ、ドキッとしてしまう。

（うわぁ……こんなに整った顔の男の人、初めて見た）

絶世のルックスを持ち、この病院の跡取りで傍若無人な俺様だとされている彗が、祖母の言いなりになって羽海と結婚を前提に同居するなんて突飛な話を受け入れるわけがない。

祖母に弱い自分が断れなくても、相手が断ってくれれば簡単に話が済むではないか。

そう結論づけて安心した羽海の耳に届いたのは、考えていた正反対の言葉だった。

「わかりました。彼女と結婚を前提にお付き合いさせてもらいます」

なんの感情も見えないポーカーフェイスでそう言い切る彗に迷いはなく、羽海は呆気にとられる。

「彗ったら、もう少し愛想よく笑顔でその言葉を聞きたかったわ。ごめんなさいね、羽海さん。根は悪い子じゃないのよ」

「いえ、あの……」

「そうと決まれば急がないとね。住まいは当面の間、今の彗のマンションでいいとして、荷物の手配は任せてちょうだい」

「ごめんなさいね、私なにも手伝えなくて」

「いいのよ。貴美子さんはこの部屋でゆっくりしてちょうだい。手術のあとはリハビリが大変だっていうし、今はのんびり過ごせばいいのよ」

「ありがとう。お言葉に甘えるわ。安心したせいか、手術の不安も飛んでいったみたい」

盛り上がる祖母たちを尻目に、羽海はいまだに呆然としたまま。本当に驚くと、人間言葉が出なくなるらしい。

「少しふたりで話をしてきます」と立ち上がった彗に腕を取られ、強引に部屋の外に連れ出された。

やってきたのは、特別病棟専用のラウンジ。

自動販売機やドリンクサーバーが並ぶ普通病棟の談話室とは違い、カウンターには軽食を提供するシェフとバリスタが駐在している。

彗は羽海に確認することなくコーヒーをふたつ頼み、一番奥のソファ席にサーブするよう告げると、スタスタと先を歩いて行く。

(私、コーヒー飲めないんだけどな……)

仕方なくついていき彗と向かい合わせに座ったが、飲み物が来るまで話す気はないのか彼は無言を貫いている。

気まずい沈黙が五分ほど続き、ようやくコーヒーが運ばれてくると、彗はどこかの国の王子様のように優雅な仕草でひと口飲んでから話を切り出した。

「金はいくら使ってもらっても構わない。祖母の友人だという君のおばあさんの退院後の面倒もこちらでみよう。その代わり、条件が三つある」

「条件？　あの、一体なんの話を――」

「俺に恋愛感情を持ち、執着しないこと。跡継ぎとなる子供をもうける努力をすること。それから、病院や財団の不利益になるようなスキャンダルは困る。不貞行為は一切禁止だ」

羽海の言葉を遮り、さらに畳みかけてくる彗の不遜な態度に、困惑を通り越して苛立ちを覚える。

(私の話、聞く気がないの？　噂通り俺様な人なんだ)

長い脚を組み、白衣姿で片手にコーヒーカップを持っている姿だけ切り取れば、映画やドラマのワンシーンのようで誰もが見惚《みと》れるに違いない。

しかし、羽海の眉間には深い皺が刻まれている。

きっと貴美子が見れば、揃えた指でおでこをぺしっとたたき「羽海ちゃん、人様に対してそんな顔しないのよ」と叱られるに違いない。

わかっていても、勝手にこんな顔になってしまうのだ。

それほど、彗の態度は羽海にとって許容しがたく映った。

「それさえ守れるのなら、結婚してもいい」

上空何千メートルという単位の上から目線に、羽海は一瞬、なにを言われたのかわからなかった。

(結婚……してもいい？　見ず知らずの私と？　しかも、恋愛感情を持たないならって……。一体結婚をなんだと思ってるの？)

羽海は恋愛経験はないものの、祖父母の馴れ初めを聞いて育ったため、結婚には大いに夢を抱いている。

愛し愛され、なにをおいても〝この人と一緒にいたい〟と思える相手と結婚したい。

(そんな人に出会ったことはないけど。ううん、出会ったことがないからこそ、これから頑張って見つけたいんだもん)

愛情を持たない相手によくわからない条件を突きつけられ、『結婚してもいい』と恩着せがましく言われて「よろしくお願いします」と言うわけがない。

イケメンで金持ちの医者であれば誰でもいいという女性もいるかもしれないが、羽海は違う。

いつか祖父母のように幸せな結婚をしたい。

湯気の立つ香ばしい香りのコーヒーをちらりと見て、口をつけない罪悪感を覚えながらも、彗に視線を戻して毅然とした態度で言った。

「結構です。お断りします」

「……は？」

まさか断られるとは思ってもみなかったという彗の表情に、逆に羽海が困惑する。

（どうしてそんな条件を出して受け入れてもらえると思ったんだろう？）

むしろ、こちらから断ってほしくて最低な態度で接しているのではないかとさえ思えるほどなのに。

「私は、あなたと結婚する気はありません。謹んでお断りいたします」

再度、こちらの意思がきちんと伝わるよう大げさなほど一音一音を粒だてて発音し、ゆっくりと頭を下げた。

2. 同居の始まり

貴美子と多恵、そして彗からのとんでもない提案から三日。

これ以上話すことはないと、あのあと羽海はすぐにその場を去った。あれだけ本人にきっぱりと断りを入れたのだ、てっきり同居や結婚話は立ち消えになったと思っていたのに、羽海は今、彗のマンションのリビングにいる。

もちろん遊びに来たわけではない。今日から同居を余儀なくされたためだ。

三日前、ラウンジで羽海と彗が話している間に、貴美子の入院中に実家をリフォームする話が持ち上がり、トントン拍子に決まってしまったのだ。

動けない貴美子に代わり、鍵を預かった多恵が羽海の実家の部屋のものを丸ごと彗のマンションへ運び込ませていた。

それを知ったのは数時間前、病院で清掃の仕事中。

これまで彗の噂を聞いていたものの興味がなかったため、院内ですれ違っていたのかもわからないし、特に気に留めていなかった。

だから羽海が彼の姿をしっかり見たのは三日前が初めて。

理解しがたい条件付きの結婚の提案を断っただけの関係だが、間近で話した経験があるせいか、この三日は病棟の廊下ですれ違った彼をやけにはっきりと認識できた。類まれな容姿はとても目立つ。あれだけのイケメンに、よく今まで気付かなかったものだと心の中で苦笑する。

とはいえ特段親しくなったわけでもないので、今日も不自然じゃない程度に会釈して通り過ぎるはずだったのに。

「おい、お前の荷物、全部うちに届いた。七時にあがるから中庭で待ってろ」

白衣姿の彗から突然話しかけられ、羽海は制服であるピンク色のキャップが吹っ飛ぶほどの勢いで振り返る。

ここは脳神経外科と心臓血管外科の患者が入院する十二階フロアで、時刻は午後二時。

ちょうど看護師が患者のケアに忙しく動いている時間帯で、病室が連なる廊下にいたふたり一組でワゴンを押しているスクラブ姿の女性たちが、羽海と同様とても驚いた顔をしてこちらを凝視している。

（え、私に話しかけてる？　荷物が届いたってどういうこと？）

これ以上ないほど目を見開いて驚いている羽海の顔を見て、彗が怪訝な表情になった。

「なんだよ、変な顔して。聞いてたか？」

「いや、あの……」

「今日からうちに来るんだろ。まだ渡せる鍵がない。仕方ないから一緒に帰るぞ。じゃあ七時に中庭で」

追い打ちをかけるような彗の言葉を耳にして、膝から崩れ落ちそうな錯覚に陥った羽海をよそに、彼は用件だけ告げると白衣を靡かせながらその場から去っていった。フロアにいた看護師や入院患者など、ふたりの会話を聞いていた多くの女性の絶叫が響き渡ったのは言うまでもない。

その後、噂を聞きつけた看護師たちから棘のある視線を浴びながら定時の午後五時で仕事を終えた羽海は、彗を待たずに自分の家へ帰った。彼が嘘をつく理由などないのはわかっているが、あの言葉を鵜呑みにはできなかったのだ。

階段を上がって自室のドアを開けると、中はもぬけの殻。ベッドもドレッサーもデスクも、クローゼットの中にもなにもない。

やはり彼の言っていた通り、すべて運び出されてしまったらしい。

すぐに電話で祖母に抗議するも『その方がおばあちゃんも安心できるわ』と嬉しそ

うに言われてしまう。さらに明日からバリアフリーのための工事が入る予定で、しばらく住めないと告げられた。

「ちょっと待って、工事っていつの間に頼んだの？　どうしてひと言も相談なく……私はどうしたらいいの？」

『だって入院中にリフォームした方が効率がいいでしょう？　多恵さんが手配してくれたのよ。彼女、介護ホームなんかもやっていて、業者さんに顔が利くからって。羽海ちゃんは彗さんのお宅へ行くわけだし』

「いや、だからね、その御剣先生の家に行くっていうのを了承してないって言ってるの」

『物は試しっていうじゃない。この前はついつい多恵さんと盛り上がってはしゃいじゃったけれど、無理やり結婚させようだなんて思ってないのよ。ただ、今あの家で羽海ちゃんひとりにするのは心配なの』

「それはわかるけど……」

『大丈夫よ。多恵さんのお孫さんなのだし、仕事熱心で真面目だと言っていたもの。それに、茂雄さんによく似ているのよ、信頼できるわ。茂雄さんも仕事熱心で真面目で、なにより私に一途だったのよ』

昔から彼女はこうだった。お嬢様育ちの貴美子は、穏やかでおっとりしていて、声を荒らげることは滅多にない。

しかしマイペースゆえなのか、自分がこうだと決めるとそれを貫き通す意思が強く、そうなってしまえば梃子でも動かない。

はぐらかされているのか天然なのか、羽海は真剣に困っているのに、いつの間にか貴美子の惚気を聞かされている。

大恋愛の末に結ばれた祖父母は、本当に仲がよかったのだろう。子供の頃から聞かされて耳にタコだが、それでもふたりの恋物語に憧れていた。

けれど、今聞きたいのはその話ではない。

「おばあちゃん、あのね」

『あら、夕方の回診にいらしたわ。じゃあ羽海ちゃん、またね』

無情にもピコリンと可愛らしい音とともに通話が切られ、羽海はがっくりと肩を落としてため息をつく。

これ以上祖母になにを言ったところで、バリアフリーの工事はこの先必要なので中止するわけにもいかず、当面実家で暮らせない事実に変わりはない。

ホテルに泊まるにはお金がかかるし、友人に泊めてもらうにしても、どのくらいの期間かわからない限り頼みにくい。

（もう、どうしたらいいの……）

途方に暮れたまましばらく部屋で佇んでいたが、このままここにいても仕方がない。

羽海は意を決して実家を出て、先程歩いてきた道を戻る。

駅までは徒歩十分。日が暮れ始めた周囲は先程より薄暗く、人通りも少ない。

道路の端に先週まではなかった【不審者注意！】の看板が置かれていて、どことなく不安を煽られる。

警官が巡回しているとはいえ、やはり少し怖い。

足早に駅に駆け込み、病院の最寄り駅まで移動すると、彗に一方的に告げられた待ち合わせ場所である中庭へ向かう。

まだ彼の家へ行くと決めたわけではないけれど、今羽海に与えられた選択肢はそれしかないように思えた。

正面玄関の左側からぐるりと回り、病院内とは思えない緑豊かなレンガ敷きの小道を進む。

たくさんの木々や色とりどりの花が植えられ、小川も流れている『憩いの庭』では、夏は出店を呼んで祭りを楽しんだり、冬はイルミネーションで飾ったりと、その名の通り患者の憩いの場となっている。

去年一年間、羽海はこの中庭の清掃を担当していて、よく多恵とおしゃべりをしていたのもこの場所だ。

病院で働くようになり、入院患者や高齢者と接する機会が増えると、そうした人たちのケアに関わる仕事に興味が湧いた。

今の清掃の仕事も好きだが、もう少しお金を貯めたら介護に携わる資格を取る学校へ行きたいと考えている。

『転職に有利になるし、おばあちゃんのためにもいつか役に立つかもって思って。まだ、ただの夢ですけど』

『素敵ね。羽海さんのお祖母様は幸せだわ』

『ありがとうございます。そのためにも、一生懸命働いてお金貯めないと』

そんな羽海の話をにこやかに聞いてくれた多恵が、まさかこの病院を運営する財団の理事長だったとは。

まさに病院や介護ホームなどを経営している多恵に対し、自分のちっぽけな夢を語ってしまったのがはずかしい。

多恵との会話を思い出しながら歩いていると、すでに時計は約束の時間を指している。慌ててキッチンカーを呼べるほどの敷地がある広場に小走りで向かうと、複数の女性に囲まれた彗の姿があった。

彼は羽海を見つけると、無表情にその輪から離れてやってくる。

私服姿の彗を見たのは初めてだが、ミルクティー色の開襟シャツに細身の黒いパンツというシンプルな出で立ちが着る人の素材を引き立てていた。

彼に背を向けられてしまった女性たちがこちらを睨みつけているのが見え、羽海はどんどん気分が落ち込んでいく。

（これ、明日から絶対働きにくくなってる気がする……）

羽海の仕事は基本的に割り振られた担当場所をひとりで清掃するのだが、この病院に派遣されて二年目の今は九階から十六階の病棟を日替わりで担当していて、十二階から十四階を任されることが多い。

掃除が行き届いていない場所がないか確認をするために、定期的にその病棟に勤務する看護師と打ち合わせを行うのだが、先週打ち合わせした可愛らしい雰囲気の仁科《にしな》という看護師は何度も顔を合わせているにもかかわらず、いまだに羽海を「清掃員さん」と呼ぶ。

仁科だけではない。これまでもオフィスビルや病院内で何度かそうした扱いを受けてきたので、身に滲みてわかっている。なぜか作業着を着て掃除をしていると、理不尽に見下されるのだ。

羽海は貴美子の「なんでも綺麗にしていれば、自分の心も綺麗になるのよ」という教えを受け、昔から掃除が好きだし、自分の仕事に誇りを持っている。

患者や病院スタッフから「綺麗にしてくれてありがとう」と声を掛けられれば嬉しいし、少しでも役に立っているのだと実感できた。

だからこそ、より役に立ちたくて介護などを学んでみたいと、ぼんやりではあるが夢を持つようになったのだ。

彼女たちは自分より格下だと思っている清掃員の羽海が、この病院の御曹司と口を利いているだけで不愉快なのだ。

般若のような顔で睨む女性たちの中に仁科の姿もあり、羽海は今日何度目かのため息をつく。

これで同居の話まで広まってしまえば、職場での居心地が悪くなるのは火を見るよりも明らかだ。

羽海の憂鬱な心の内を知る由もない彗は、近くまで来ると目を眇めて見下ろしてきた。

「遅い。今回は連絡先を知らない状況だから見逃すが、次からは遅れるなら必ず連絡しろ。時間を無駄にするのは好きじゃない」

不機嫌そうに言われ、羽海はムッと口を尖らせる。

（遅いって……まだ三分も経ってないじゃない。それに、そっちが一方的に言っただけで、約束なんてしてないし。だいたい、この人が病棟で話しかけてきたせいで、私は明日から針の筵かもしれないっていうのに……）

いつの間にか巻き込まれて渦中の存在になっているが、決して本意ではないのだ。それなのに、どうして踏み潰される雑草のような気分にならなくてはいけないのだろう。

「帰るぞ」

心の中で反論しながらも、口に出さずに彗についていく。

彼の部屋にすべて荷物がある以上、羽海に拒否権はなかった。

「ここだ」

言葉少なに案内されたのは、病院から徒歩五分ほどの低層レジデンス。

石造りのエントランスを入ると、開放感溢れるロビーは白と黒を基調にしたシックなデザインで、ラウンジに続く共用廊下には、いかにもハイセンスなデザイナーが手掛けたであろうひとり掛けのソファが無秩序に並べられている。

（これってインテリア？　それとも座る用？　お金持ちのセンスってわからない……）

建物の中央は最上階まで吹き抜けになっていて、海外の高級ホテルのようにおしゃれな空間だ。

築六十年は経つであろう木造の家に祖母とふたりで住んでいる羽海にとって、なにもかもが未知の世界で、個人が住むマンションにコンシェルジュサービスがあるというのも今日初めて知った。

丁寧に頭を下げる制服姿の男性に会釈を返し、エレベーターに乗るにもカードキーを翳《かざ》さなくてはならないことに驚く。

そのエレベーターの階数表示には最上階である五階のボタンしかなく、各フロア直通のエレベーターがあるのだと理解し、さらに驚いた。

驚愕の連続にひとり息も絶えだえになりながらフロアへ辿り着くと、彗が一番奥の扉を開けて羽海を中に促す。

「おじゃまします」と蚊の鳴くような声で呟き、出された客用のスリッパに足を入れた。

玄関を入ってすぐ右手に扉があり、その奥には二十畳はあるであろうリビングが広がっている。まるでモデルルームのような隙のないインテリアはあまり生活感がなく、本当にここに住んでいるのかと疑問に感じるほどだ。

「お前の部屋はこっちの一番奥だ。届いた荷物は全部そこに入れてある。風呂とトイレはここを使え。俺は自分の部屋の奥にあるものを使ってる」

玄関から正面に続く廊下の突き当たりが彗の寝室、その隣が書斎になっていて、キッチンの裏手になる一番奥の部屋が羽海にあてがわれるらしい。

言われたドアを開けると、十二畳の洋室に羽海が見慣れたベッドやデスク、ドレッサーが所在なさげに置かれている。

これまで六畳の部屋にきゅうきゅうに置かれていた家具たちも、あまりの部屋の広さに戸惑っているように見えた。

（本当にこんな豪華なマンションで彼と一緒に暮らすの……？）

ここまでついてきてしまったものの、見ず知らずの男性の部屋に居候するなんて奇妙な話だし、やはり非常識だ。

羽海の性格を端的に表すとしたら、真面目で優等生な学級委員長タイプ。控えめだが間違っていると思えば指摘もするし、常識から外れたことには抵抗を覚えてしまう。

そもそもこの状況を受け入れて部屋を案内している彼は、一体どういうつもりなのだろう。

「あの……本当に私がここでご厄介になっていいんですか?」

「どういう意味だ」

「おばあちゃんたちが友達同士だからって、知らない相手と一緒に住むなんて非常識だと思うんですけど」

実家に住めない以上、羽海の荷物があるこの部屋においてもらう他に今のところ解決策はない。

けれど、こうもあっさり他人を部屋に入れるなんて、〝傍若無人な俺様〟と噂の彗らしくない気がする。

これまで彼は表情を変えず、なにを考えているのかまったく読めないままだ。

羽海がこの現状の異常さを訴えると、彗は面倒くさそうに短く息を吐き、口を開いた。

「今さらなにを言い出すかと思えば。部屋は余っていて、風呂やトイレも別。プライベートは保たれるし、俺は病院で寝泊まりすることも多く、ひと月の半分は帰ってこない。そっちが干渉してこないのなら問題はない」

「問題はないって……」

恋愛関係にない、それもほぼ初対面の若い男女がひとつ屋根の下で暮らすこと自体が問題だと言っているのだけれど、どうして通じないのか。

これまで羽海の周囲にはいなかったタイプの人で、対応しきれない。

天を仰ぎたくなる気分でぽかんと呆けていると、ひとつの仮定が脳裏に浮かんだ。

（あ、御剣先生は私を女として認識してないから？）

祖母で理事長でもある多恵に友人の孫を頼むと押し切られ、断れずに仕方なく面倒を見る羽目になったが、地味で女性としての魅力に欠ける羽海など、一緒に住んだところで犬や猫を家に置いたくらいの感覚なのかもしれない。

それはそうだ。きっと彼の周りには、綺麗な女性が掃いて捨てるほどいるに決まっている。先程羽海を睨みつけていた彼女たちのように。

自分で考えた仮定にムッとしつつも、それならば納得できる。

ふたりの祖母たちは結婚前提の交際を勧めてきたが、そちらはきっぱり断ったのだし、彗も本気で羽海と結婚しようだなんて考えていないはずだ。

（なんか、こっちが変に気を遣うのもバカらしい気がしてきた）

強張っていた身体からすっと力が抜ける。

貴美子だって『無理やり結婚させようだなんて思ってない』と言っていたのだし、

実家のバリアフリー工事が完了するまでの期間だけ、図々しく住まわせてもらおうと決めた。

「あの、じゃあお世話になります。あっ、家賃ってどうしたら……」

「いらない」

困り顔で尋ねると、彗は一瞥して羽海の疑問を切って捨てた。

確かにこんなに高級な部屋の家賃がいくらするのかなど、ずっと実家暮らしの羽海には想像もつかないし、折半だろうと払えないだろう。聞かないほうが身のためのような気がする。

とはいえ無償で住まわせてもらうわけにはいかないと、羽海は少しの間逡巡し、家事をすると申し出た。

「御剣先生が嫌でなければ、住まわせてもらっている間、私が家のことをしてもいいですか？　食事とか洗濯とか。掃除は先生のお部屋以外になりますけど」

そう提案すると、目の前の彗のこめかみがぴくりと動く。なにか気に障ったことを言っただろうか。

「家庭的なところをアピールする気か。無駄なことはしなくていい」

ため息交じりであからさまにうんざりした顔で言われ、羽海は呆気にとられた。

(アピールってなに？　どうして人の厚意を斜めに受け止めちゃうの？)

初対面でも思ったが、確認せずにブラックコーヒーを頼んだり、したくもない結婚に条件を突きつけたりと、人の話を聞かずに突っ走る悪癖があるようだ。

羽海は強気に睨んで言い返す。

「アピールなんてしてるつもりはありません。お世話になるので、家賃を出せない代わりになにかしなくてはと思っているだけです」

「それが無駄で不要だと言っている。いちいちそんな気を回さずとも結婚はする」

「……はい？」

言い方がいちいち嫌みっぽく聞こえムッとしてしまうが、それ以上に捨て置けない発言を耳にして、羽海の頬がひくりと引き攣《つ》る。

「何度も言わせるな。条件さえ守れるのなら結婚するし、この部屋も金も好きに使ってくれて構わない。言質を取りたいなら録音でもなんでもしてくれ」

「……なにを言ってるんですか。しませんよ、結婚なんて」

「そっちこそなにをムキになってるんだ。祖母に取り入り、こうして同居に持ち込んだのはお前の方だろう。今さら猫をかぶったって無意味だし、どれだけ家庭的なアピールをされても俺は恋愛する気はない」

一方的な話し方をする人だとは思っていたが、ここまで話が通じないとは。彗には羽海が彼と結婚したいがためにこの部屋に押しかけて来たと映っているらしい。

とんでもなく不愉快な勘違いに、羽海の中でなにかがプチンと切れた。

「いい加減にしてください！　どうして私があなたと結婚したいと思ってる前提で話すんですか。以前ハッキリお断りしましたよね？　おばあちゃんたちが盛り上がっているだけで私は結婚する気はありませんし、この同居だって実家を勝手にバリアフリー工事し始めちゃって、いつの間にか荷物もこっちに送られちゃってたから他に選択肢もなくて仕方なくご厄介になるんです」

「バリアフリー工事？」

「それに、なんなんですか。条件とか、結婚してやるとか。随分自分に自信があるようですが、女性がみんなあなたに惹かれると思わないでください」

ひとつ言葉にしてしまうと、ずっと心の中で渦巻いていた不満が次から次へと溢れてくる。

「それから、病院で親しげに話しかけてくるのもやめていただきたいです。御剣先生、普段からどれだけ注目を浴びているか、ご自分でも自覚ありますよね？　私を巻き込まないでください。仕事がしにくくなって迷惑です」

一気にまくし立て、はぁっと肩で息をする。

目の前で立っている彗が、目を瞬かせてこちらをじっと見つめていた。

（あ、言いすぎた……）

場の空気がぴたりと固まった気がして、羽海はハッと我に返る。

たしかに結婚する気はないし、上から目線で条件だアピールだと言われ、話を聞いてくれないことに苛立った。

けれどどんな事情があろうと、これから住まわせてもらう家主に対し「仕方なくご厄介になる」だなんて失礼極まりないし、他人が家に転がり込んできて「迷惑」だと言いたいのはどう考えても彗の方だ。

羽海は慌てて口を手で覆い、頭を下げた。

「す、すみません。口が過ぎました。申し訳ありません」

謝罪の言葉を言い終え、ぎゅっと目を瞑る。

立場を弁えない失礼な発言に怒った彗に、すぐに出て行けと言われても仕方がない。

それどころか次期院長と目される彗ならば、会社に苦情を入れ、清掃員のひとりくらい解雇させせられるかもしれない。

（あぁ、私のバカ。なんで思ったことをすぐ口にしちゃうかな）

羽海は短慮な自分を反省しながら、せめて仕事だけは辞めさせないでほしいとお願いしようと顔を上げた。

すると、彗は口角を上げ、瞳に強い光を湛えて羽海を見つめている。

その眼差しに射すくめられ、ふたりは視線を絡め合ったまま向かい合った。

「決めた。俺は羽海と結婚する」

（う、羽海って……）

これだけ至近距離で見ても美しい顔の彗から初めて名前で呼ばれ、ドキッとしたのもつかの間、羽海は再びがっくりと項垂れる。

今の会話で、どうしてそんな結論に達するのか。

「いや、あの、ですから……」

「それより腹が減った。食べに出るぞ」

「ちょ、ちょっと待ってください」

「もう食べたのか？」

「まだですけど」

「じゃあ問題ないな。行くぞ」

話はまだ終わっていないと引き止めたものの、強引な彗に連れられ食事に向かうことになり、その日はそれ以上話し合いはできなかった。

次の日。人の目のあるところで意味深な会話をしたせいで、彗と羽海の同居が病院中に知れ渡っていた。

格好の噂の的で、どこで掃除をしていても誰かしらの視線を感じる。

しかも、彗は同居を始めた羽海を朝から婚約者だと触れ回っているらしい。

「おはよう、羽海ちゃん。聞いたよ、御剣先生と婚約したんだって？」

「私も聞いたわよ。おめでとう」

「この病院の御曹司相手とは。まるでシンデレラだなぁ」

病室に入るなり、何人もの患者さんから祝福の言葉をもらった。そのたびに「違うんです」と訂正しても照れていると勘違いされ、居心地が悪いことこの上ない。

仕方なく、羽海は心を無にして清掃を続けた。

クリーン＆スマイルから御剣総合病院には羽海を含め約三十人の清掃員が派遣されていて、病棟担当の場合は三階分をひとりで掃除する。各フロアには多数の病室があり、他にも廊下やトイレ、検査室や談話室など作業範囲が広い。

朝八時から夕方の五時までにすべての場所を磨き上げるには、順序立てて効率よく回っていかないと間に合わない。

今日はいつも以上に患者さんに話しかけられるためなかなか作業スピードが上がらず、さらに普段は言われたことのない苦情を各フロアの看護師たちから立て続けに言われ、昼休憩に入る頃にはぐったりしていた。

午後一時を過ぎ、ようやく前半のノルマを終えてランチのために中庭へ向かう。

病院の食堂も使えるが、羽海は真夏と真冬以外はこの憩いの庭で休憩を取ることにしている。いつもは弁当を持参しているが、今日は彗の部屋から出勤したため作れなかった。

小川が流れる側のベンチに腰掛け、コンビニで買ったおにぎりとサラダを食べていると、スクラブ姿の看護師が四人、目の前に立ちはだかった。

今日はやたらと掃除が行き届いていないとクレームを言ってきた仁科もおり、嫌な予感に食事の手が止まる。

「……なにか？　言われた通り、トイレの便座も鏡も磨き直しておきましたけど」

病棟の廊下で大声で注意されたのはつい一時間ほど前。

通りがかった患者が『みっともないからやめなさい』と止めてくれたが、あの制止がなければ小言は倍以上の時間続いただろう。

もちろん羽海はいつも通りピカピカに磨いていたが、休憩に入る前にもう一度トイレを掃除してから来た。それを告げたところで、彼女たちにはまったく関心はないとわかっているのだけれど。

「遊ばれてるだけのくせに大きい顔をして彗先生の担当病棟を歩くなんてはずかしくないの？」

「彼は誰にも本気にならないって有名なのよ」

「そもそも、立場も見た目も釣り合い取れてなさすぎ」

案の定、仕事の話ではなく言いたい放題の嫌みをぶつけてくる。

（お決まりだってわかってるけど、本当にやめてほしい。それに今週はずっと私が十二階の担当なんだから仕方ないじゃない）

羽海は食べかけのおにぎりを膝の上で持ったまま、小さくため息をついた。

本当に彗の恋人や婚約者ならば、刃《やいば》のように突き立てられた言葉の数々に傷つくのかもしれないが、生憎羽海はそうではない。

だから彼女たちの思う通りにショックを受けたり泣いたりといったリアクションはないし、反発心が湧くばかりだ。

そんな羽海の様子が気に入らないのか、さらに悪意を剥き出しにして辛辣な言葉をぶつけてくる。

「患者からシンデレラだなんて言われていい気になってるんでしょうけど、たかが清掃員が彗先生と婚約なんて分不相応だってわからない？」

「ほんとほんと、身の程を知らないって不幸だわ」

「急に同居に持ち込むなんて、どんな卑怯な手を使ったの？」

三人が口々に言い終えると、中央に立つ仁科は細い顎をツンと上げて、ベンチに座る羽海を見下ろした。

「そろそろ行くわよ。ただお掃除してればいいだけの誰かさんと違って、私たちにはドクターの手足になってやらなくてはならないことがたくさんあるんだもの」

勝ち誇った笑みを残し、四人は病棟の方へ去っていく。

〝たかが清掃員〟

その侮蔑を含んだ言い方に唇を噛む。

本当は『勝手なことを言わないで』『清掃の仕事をバカにしないで』と言い返してしまいたかった。

けれど職場の派遣先でそんなみっともない言い争いをするわけにはいかないし、彼女たちと同じレベルに堕ちるのも癪だった。

それに、祖母の友人である多恵が理事長を務める病院で問題を起こすわけにいかない。

仁科たちが去っていった方向から意識的に視線を背け、持っていたおにぎりに勢いよくかぶりつく。

「女は面倒くさいな」

突然後方から聞こえた男性の声に驚き、お米が喉に詰まりそうになった。

こぶしで胸をトントンしながら振り返ると、彗が白衣のポケットに両手を突っ込み、憮然とした顔で立っている。

「御剣先生」

「ああいうのは中学で卒業してほしいものだが。他にもなにか言われたりしてるのか」

「他も似たり寄ったりです。見ていたのなら恋愛関係ではないと否定してくれたらいいじゃないですか」

助けてほしいとは思わないが、彗の誤解を招く発言が元凶なのだから訂正くらいしてもらいたい。

同居は事実だが、自分たちは彼女らが思っているような関係ではないのだ。

「結婚してしまえば、ああいうのも減るだろ。言い寄ってくる女もいなくなって、俺も仕事がしやすくなる」

「ですから、私は結婚しないと何度言えば」

「俺は羽海と結婚したい」

言葉に被せるようにまた名前を呼ばれ、羽海の鼓動が高鳴る。

普段打ち合わせで顔を合わせる看護師ですら『清掃員さん』なのに、接触しない医師である彗が自分を名前で呼ぶのが、きちんと個として尊重されている気がして嬉しく感じた。

（いやいや、名前を呼ぶなんて普通のことだし）

今日はなにかと蔑まれているせいで、当たり前の価値が上がっているだけ。そう結論づけて自分を落ち着かせていると、救急車のサイレンが近付いてくるのに気付く。

ハッとして彗を見ると、すぐに彼の院内用の携帯が鳴り響いた。

瞬時に医師の顔になった彗は通話ボタンを押し、電話越しに指示を出している。

どうやら交通事故で負傷した患者を受け入れ、緊急手術になりそうなため彼を呼び戻す連絡らしい。

一分にも満たない電話を切ると、彗は羽海に向き直った。

「さっきの話。ああいうのが続くようなら俺に言え。羽海たちの仕事はなくてはならないものだ。あんなふうに言われる筋合いはないだろ」

思いもよらぬ言葉に、羽海は目を瞠る。

「……なんだよ」

「いえ、そんなふうに言ってもらえると思わなくて」

「当然だ、清掃員がいなければ病院は成り立たない。じゃあな。昼飯、ちゃんと食えよ」

それだけ言うと、羽海を残して駆け出していく。

（私たちの仕事を、なくてはならないものだって言ってくれた）

羽海にはちゃんと食べろと言ったけれど、彼はきっと食事を取る暇などないほど忙しくなるはずだ。走り去る後ろ姿にやはり医者なのだと見直し、胸の奥がキュンと鳴った。

（いやいや、キュンとはしてない。ただ、お医者さんってすごいなって思っただけ。意外と優しいところもあるんだなって思っただけだから）

羽海は誰に言うでもなく心の中で言い訳すると、午後に備えて再び大きな口でおにぎりを頬張った。

＊＊＊

彗と一緒に住み始めて五日。定時で仕事を終え、特別病棟の祖母の病室へ向かった。

「おばあちゃん、どう？」

彼女は無事に手術を終え、今はリハビリに勤しんでいる。

「変わりないわよ。寝たきりにならないように頑張らないとね。さっき、彗さんも来てくれたのよ」

「御剣先生が？」

「痛いようなら我慢しないで薬の量を調整するようにって。優しいのねぇ」

「……そう」

傍若無人な俺様も、年配者や患者には優しさを見せるらしい。羽海が微妙な顔で頷くと、貴美子は穏やかに微笑んだ。

「彗さんとはどう？　仲良くしているの？」

「仲良くって言われても……」

痛みに耐えながらリハビリしている祖母に彗の愚痴をいうのも憚られるが、順調とは言いがたい有り様だ。

同居初日に言っていた通りあまり家にいない彗だが、もう何度も言い合いに発展している。

最初は挨拶についてだった。

羽海は朝最初に顔を合わせた時、家を出る時や帰宅した時、寝る前などはひと声掛けるのが当たり前だと思っているが、どうやら彗はそうではないらしい。

『挨拶をしないのはどうかと思います』

『返事はしてるだろ』

『ああ、は挨拶じゃありませんよ』

『……そのうち「ハイは一回」とか言い出しそうだな、お前』

『なんですか、人を小姑みたいに』

他にも、羽海は子供の頃から三角食べだが彗は一品ずつ食べる一丁食いだったり、連絡事項のメッセージは既読表示に頼らず〝了解〟と返信するかなど、些末なことだが悉く意見が合わず、相性の悪さが露呈するばかり。

『いい加減、俺との結婚に頷け』

『だから嫌ですよ』

『強情な女だな』

『どっちがですか』

おかしな条件をつけてきたことを鑑みても、決して羽海に好意を持っているわけではないのに、なぜ結婚したがるのかわからない。

断れば断るほど嬉しそうに口角が上がっているのも気にかかる。

(条件とか恋愛する気がないっていうのももちろん無理なんだけど、そもそも考え方が壊滅的に合わないんだよね……)

羽海は無意識にため息をつく。それでも祖母に心配をかけたくなくて笑ってみせた。

「大丈夫。ありがたく居候させてもらってる」

「居候ねぇ。素敵な男性だし、羽海ちゃんにぴったりだと思うんだけど。でもこればっかりは当人の問題だから仕方ないわね。おばあちゃんが退院する頃になっても羽海ちゃんが彗さんとはお付き合いできないっていうのなら、きっとご縁がなかったってことねぇ」

「うん。私もおじいちゃんとおばあちゃんみたいに、運命の相手は自分で探したいよ」

「やあね。運命の相手は、探さずとも案外近くにいるものよ」

その後、退屈していた祖母のおしゃべりに三十分ほど付き合い、スーパーで食材の買い物をしてから帰宅した。

彗に掃除や料理などの家事を『無駄で不要』と言われたにもかかわらず、羽海は同居翌日からそれらを一手に引き受けていた。

彗は意外にも努力家らしく、在宅時は書斎に籠もって勉強している。

毎日忙しく働き、短い休憩時間すら呼び出され、数少ない休日を勉強に費やす彼の医師としての姿を間近で見ていると、自分の分だけの食事を作ったり洗濯をしたりすることに抵抗があった。

無償でこの部屋に置いてもらっている現状も居心地が悪い。

文句を言われる覚悟で家事をしようと決めたのは、彗のためというよりは羽海自身の精神的安定のためだ。

自分以上に忙しく働いているのを知ってしまえば、不要と言われたからとなにも手伝わないでいられるほど羽海は図太くなれない。

彗が帰ってきた時に気が向いたら食べられるよう、夜食に小さな焼きおにぎりと野菜たっぷりのコンソメスープをダイニングテーブルに置いておいた。

彼が食べなければ翌日の朝食にすればいいと軽く考えていたし、そもそも自己満足なのだからそれで構わない。

食事をするたびに自分の分しか作っていないと罪悪感を持つのが嫌なだけなのだ。

こんな豪華な部屋に住む彼には質素すぎる食事かもしれないと思ったが、忙しい医師なら栄養バランスの取れたものを口にする方がいいと考えて優しい味付けの和食にしてみると、翌朝には綺麗になったお皿が水切りラックに並んでいて、特に文句や嫌みも言われなかった。

傍若無人な俺様と言われる彗が食べ終わった食器を自分で洗うなんて意外で、その姿を想像して可笑しくなる。

羽海が家事を担うことを受け入れられたのだと解釈したが、弁当を作ったり朝食をともにしたりするのは踏み込みすぎている気がして、夕食だけ毎日準備し続けている。洗濯と彗の私室以外の掃除はすべて羽海がしているが、こちらも文句を言われたことはない。

同居初日こそ帰宅後はすぐに自室に引っ込んだが、実家ではひとりでも居間で過ごす時間が多く、籠もりっぱなしは性に合わないためリビングで過ごしている。

風呂上がりのすっぴんと部屋着姿を見られるのははずかしいと躊躇したが、女性として意識されていないのに自意識過剰だと思い直し、気にしないことにした。

部屋の中のものは好きに使っていいと言われているし、気を遣っても仕方ないと割り切っている。

その日も料理を作り、食事を終え、後片付けまで済ませてソファで寛いでいたところに、玄関の鍵が開いた音がした。

いつもよりかなり早い時間に帰宅した彗に驚きながらも「おかえりなさい」と声を掛けた。

すると、彗から誰もが知る高級ブランド店の紙袋をずいっと差し出された。

「なんですか？　これ」

「家事の対価だ」

「はい？」

きょとんとした顔をする羽海に、彗は無表情で受け取るように顎で指し示す。

（え、私に？）

中に入っている大きな箱の中身はおそらくバッグ。ファッションに疎い羽海でも知っている人気のハイブランドで、バッグひとつで羽海の三カ月分の給料は吹っ飛んでしまうだろう。

恐ろしくて持ち歩くなんてできないし、羽海の日頃のファッションにハイブランドのバッグが合うとはとても思えない。

そもそも受け取る理由がない。

上体を後ろに反らせ、ブンブンと首を横に振る。

「いただけません」

「……なぜだ？」

「私には分不相応ですし、家賃の代わりにしていることに対価をもらっては本末転倒です」

ソファに座る羽海の膝の上に鮮やかな橙色の紙袋をのせようとするので、慌てて立ち上がって移動する。

ついでに彗の食事を準備しようとキッチンへ向かうと、呆れたような彼の声が届いた。

「つくづく変な奴だな。普通女なら、好きに金を使っていいと言われればブランドのバッグやアクセサリーを買い漁るものじゃないのか」

「……変なのはどっちですか。女性に対してとんでもない偏見ですよ。私はブランド物に興味はありません」

きっぱりと言い切り、夕食にサバの味噌煮と筑前煮を作ったので食べるかと問うと、即答で食べると返ってきた。しかし、彗の反論は続く。

「自分で買わないにしても、プレゼントしてほしいと口に出さずに態度で示してくるだろ」

ネクタイを緩めながら首を捻る彗は、本気で女性にはこういったプレゼントをしておけばいいと思っているらしい。

まさか、自分もそうだと思われているのだろうか。あまりにも見当違いで、反論の声に多分に棘を含めて返した。

「私が家事をしてるのを勝手にプレゼント目当てにしないでください。相当おモテになるでしょうに、一体どんな女性とお付き合いされてきたんですか」

「気になるか？」

ふいに笑った顔が楽しげで、今まで向けられたどんな表情よりも気安いそれに、図らずもドキッと鼓動が跳ねた。シュルリとネクタイを解く衣擦れの音がやけに耳につく。

「干渉されるのは鬱陶しいと思っていたが、多少の嫉妬なら悪くない気分だ」

「なぜ私が嫉妬しなくちゃいけないんですか」

くだらない言い合いに発展したが、楽しそうに笑う彗の顔から目が離せない。

これまではなにを考えているのか読めない無表情や、不機嫌な顔ばかりを見てきたが、眩しく感じるほど魅力的で親しげな笑顔を真正面から食らい、羽海の胸がキュンと音を立てた。

慌てて身体の向きを変え、サバの味噌煮を温めてテーブルに配膳しながら、なんとか体裁を取り繕う。

いくら結婚を申し込まれているとはいえ、恋愛感情を向けてくるなと言う男性に惹かれるなど不毛この上ない。

（考え方が壊滅的に合わない人に惹かれるわけがない。きっと顔が綺麗すぎるから、勝手にドキドキしちゃうだけ。反射みたいなものよ）

胸に手を当てて大きく深呼吸して気持ちを落ち着かせた。

「話を戻しますけど。あなたは私が家事をするのを『無駄で不要』だと言っていたのに、私が勝手に作った食事をほとんど残さず食べてくれてますよね。それで十分です」

「どういう意味だ？」

「そのままの意味です。私が家事をしているのは、家賃も払わずに居候しているのが気持ち悪いからです。あなたのためじゃなく、少しでも自分の気分を楽にするためです。それなのに、自己満足で作った料理を食べて、きちんとお皿も洗ってくれていた」

「……それで十分だと？」

「はい」

やっと話が通じたのだとホッとして微笑むと、目を瞠った彗がこちらを凝視している。

（え、なに……？）

これまで見てきた、なんの感情も読み取れない冷淡な顔でも、ムスッとした機嫌の悪そうな顔でも、こちらをからかうような意地悪な笑顔でもない。

まるで信じられないものを見たかのように、ただひたすらに羽海の瞳を食い入るように見つめている。

徐々にその眼差しは熱を帯びていき、羽海は息をのむ。

よく穴が空くほど見つめると例えるが、彗の眼差しはまるで炎のように熱く、肌が焼けそうな錯覚に陥る。そのまま見つめ合うには胸が苦しくて、咄嗟に視線を逸らした。

「な、なんですか？」

「いや……本当に変な奴だと思っただけだ」

彗の声が上ずって聞こえる。

しかし再び彼を見上げた時には、羽海に向けられた瞳に先程までの熱はなく、呆れたように苦笑している。

頬が焼けそうなほどの温度を感じたのは気のせいだったらしい。羽海はホッと胸を撫で下ろした。

「もう。あんまり人を変人扱いすると、明日の夕食はかぼちゃ尽くしにしますから」

一昨日、いつも通り食べ終えた食器を洗ってくれていたが、かぼちゃの煮物だけが手つかずのまま冷蔵庫に入っていた。きっと嫌いなのだろう。

同居してすぐの頃、アレルギーや苦手なものを聞いた時には、特にないが和食が好きだと答えていたはずなのに。

(かぼちゃが苦手って言うの、はずかしかったのかな)

普段はなにを考えているのか読めない彗だが、あまりのわかりやすさに翌朝は笑いを堪えるのが大変だった。

大病院の後継者である彗に気安い態度で接してしまったが、そこについて不満はないらしい。

「かぼちゃはこれから先、死ぬまで食わないと決めている」

不貞腐れた子供のような顔で話す彗を見て、羽海はこの部屋に来て初めて声を上げて笑った。

3．思いがけない初恋《彗Side》

食事を終えた後、行き場を失ったブランドバッグの入った紙袋を持ったまま自室に戻った彗は、つい先程羽海から言われた言葉をひとり反芻していた。

『あなたは私が家事をするのを『無駄で不要』だと言っていたのに、私が勝手に作った食事をほとんど残さず食べてくれてますよね。それで十分です』

まさかそんな健気な発言が飛び出すとは思わず、戸惑いを隠せないでいる。

彗は御剣家の次男として生まれた。

明治時代から代々続く医者の家系で、昭和初期に創立された御剣健康財団は、総合病院の他にクリニックがふたつ、介護ホームやデイサービスセンター、福祉専門学校など数多く経営している公益財団法人だ。

父は御剣総合病院の院長を務めており、祖母の多恵は三代目理事長だ。

循環器内科医で二代目理事長だった祖父はすでに亡くなり、医療機器メーカーのお嬢様だった母は多忙な父への不満と寂しさに耐えきれず、二十年前に出ていった。

物心がついた頃には祖父や父と同じように医師を志していた彗は、母親がふたりの仕事を理解しようとせず、毎日ただひたすら愚痴を零しては寂しいと泣いているのを見るのが苦痛だった。だからこそ、ようやく離婚した時はその苦しみから解放されるのだとホッとしたのを覚えている。

反対に彗の双子の兄である隼人《はやと》は、厳しい祖父母や父親と違い、甘やかしてくれる母親に依存しており、母が出ていったのは彼らのせいだと言って大いに荒れた。

医学部に入学できず、現在は系列の富裕層向け介護付き有料老人ホームでケアマネジャーとして働いているが、あまりいい評判は聞こえない。

昔から享楽主義者で、いかに楽をして贅沢するかといったことしか考えていないため、彗は将来この病院だけでなく、財団自体を自分が継がなくてはならないと考えている。

気楽な独り身でいたいが、後継者のことを考えるとそうもいかない。そのため、伴侶となる女性には母のように弱い人ではなく、強くて自立した女性を求めていた。

条件は初対面で羽海に話した通り、恋愛感情を持って執着してこないこと。跡継ぎをもうけること。病院や財団の不利益になるようなスキャンダルを持ち込まないこと。

できればきちんとした常識を持ち、医師の仕事に理解がある女性を希望したいところだが、多くは望まない。

祖母いわく両親は恋愛結婚だったらしいが、家で泣き続ける母を見て育った彗には端から恋愛結婚をしようなどという考えはなく、心惹かれる女性にも出会ったことがない。

これまでも条件を満たしそうな、言ってみれば金とステータスにしか興味のなさそうな女性と何人か交際してみたが、結局みんな彗に過度な期待をし始め、会えないと不満を漏らすようになる。それでは母の二の舞いだと、すぐに別れての繰り返し。

結婚しても大丈夫だと思える女性を見つけられず、それどころか、ただ会いたいがために病院に押しかけてくるような女性もいたため冷たくあしらうと、院内には『傍若無人で冷徹な俺様』という不名誉な噂も流れる始末。

最近ではもう面倒くさくなっていて、ここ数年はそういった相手すらいない。

いい年になっても家族に紹介できる相手がひとりもいないのを危惧したのか、三十路になっても恋愛する気がないのなら相手を紹介してやると祖母が口を出してきたのが約一年前。

先月三十歳になり、十日ほど前に特別病棟で羽海を紹介された時は、いよいよだと覚悟を決めた。

御剣家の利になるような縁談ではなさそうだが、祖母が決めたのならなにか理由があるのだろう。

早速一緒に住んでみろという提案には驚いたが、相手の素性を知るには手っ取り早い。

大病院の後継者と結婚したいがゆえに理事長である多恵に取り入ろうとした女性はこれまで何人もいた。

きっと羽海も同じ考えだろうと思い、条件をのめるのなら結婚してもいいと伝えると、なぜかきっぱりと断ってきた。

羽海の祖母の病室で交際や同居の話が出た途端に縋るような視線を向けてきたので、てっきり羽海は自分に気に入られたくて必死なのだと信じ込んでいた。

(あれは、まさか断ってくれという視線だったのか……?)

しかし後日、彗のマンションに彼女の荷物が送られてきたので、結婚を断ったのは条件をつけられたことに憤ったたか、もしくは女特有のくだらない駆け引きだったのだと結論づけ、煩わしさを感じると同時にこれからの生活を思うと朝から鬱々とした。

経験上、こういった駆け引きをする女は、大抵恋愛脳で面倒な騒ぎを引き起こす。

これまで彗は短期間でも家族以外と生活をともにしたことがない。恋人を自分のテリトリーに入れたことはないし、逆もまた然り。

常に他人と一定の距離感を保っていた彗は、羽海に初日から鍵を渡して勝手に部屋に入られるのに抵抗があり、仕方なく待ち合わせをして一緒に帰ることにした。

身の回りの荷物を送ってきながら本当にここに住んでいいのかと聞いてきたり、家賃や家事を気にしたりと、図々しさと謙虚な言動がちぐはぐで苛立った。

初めこそ、どれだけしおらしく振る舞おうと恋愛する気はないと冷淡な対応をしていたものの、羽海と話すうちに彼女は彗が想像していたような女性ではないと気付いた。

どうしても無理なら、いくら多恵の友人の孫とはいえ断ればいいと考えていたが、羽海は彗に一切執着してくる気配がない。

あくまで同居は実家に住めないから仕方なくだと言い、結婚をする気はないとこちらを睨んで言い返してくる。

物怖じせずにハキハキ喋る口調、媚びた色のない真っすぐな眼差しがやけに印象に残り、自分に興味がなさそうなところが結婚相手に最適だと感じた。

羽海を逃してはならないと直感が働き、必ず結婚すると彼女にも宣言した。

何度結婚の話をしても毎回面倒くさそうな顔を隠さずに断ってくるし、それどころか仕事がしにくくなるから病院で親しげに話しかけてくるなとさえ言われる。

不思議なことに、いつの間にか結婚に頷かない羽海との言い合いをどこか楽しんでいる自分がいた。

(あんなふうに俺に言い返してくる女なんて、会ったことがない)

気を回したふりで家事をするなど無駄だと酷い言い草で切って捨てたにもかかわらず、夕食が用意されていた時には驚いた。

夜遅くなっても食べやすいよう軽めだが栄養が考えられたメニューで、昔食べていた祖母の料理に似た優しい味付けだった。

羽海も朝から仕事をしているのに、料理だけでなく洗濯もこなし、家の中は本領発揮とばかりにどこもピカピカに磨かれている。

つい先日、リビングのカーテンを開けると、いつもより窓がきれいなことに気が付いた。他にも水道の蛇口や玄関の床など、意識して見つけようとしないとわからない部分まで掃除してくれているのだと知った。

今まで女性から言外に高価な買い物をねだられたことはあるが、相当の対価だと納得したのは羽海に対してだけだ。

だからこそ礼のつもりで女性に人気だというブランドのバッグをプレゼントしようとすると、あっさりいらないと突き返されてしまった。

（百万のバッグより、料理を食べてくれればいいと？　そんな欲のない人間がいるのか）

しかし考えてみれば、気を惹きたいだけの女だったら普通は気付きにくい窓の網戸やサッシまで掃除したりせずに、弁当や朝食を用意するなどわかりやすいアクションを起こすだろう。

そうではなく、ただ居心地のいい家を維持してくれている羽海は、彗がどう思うかなど関係なく、本当に家賃の代わりに家事をしているのだ。

それに気が付くと『家庭的なところをアピールする気か』などと言い放った過去の自分が自信過剰な男のようではずかしい。

あとはもう坂道を転がるように、心が羽海に向かっていく。

恋愛する気は欠片もなかったというのに、食事を残さず食べてくれるだけで十分だと言う健気さと、初めて見せた飾らない笑顔に心を奪われてしまった。

彗にとって、まごうことなき初恋だった。

＊　＊　＊

そんなやり取りをした数日後、手術を終えた彗は理事長室に呼ばれた。

三十畳ほどの広々とした部屋は南側のブラインドを上げた窓から陽の光が降り注ぎ、ミディアムブラウンで統一されたカラーコーディネートは重厚感や上質さが緊張感を持って執務に挑める空間を作り出している。

部屋の隅には祖父の代にはなかった大きな観葉植物が置かれていて、訪れた人に威圧感を与えない雰囲気があった。

執務デスクから応接用ソファへ移動した多恵は彗にも腰を下ろすよう促す。

「羽海さんをお預かりしてもう一週間経つわ。どう？　素敵な子でしょう？」

話の前置き程度に手術の成功を労うと、羽海との同居の様子を聞きたがり、彼女がどれだけ彗の嫁に相応しいのかと説いた。

「まさか貴美子さんのお孫さんだとは思わなかったけど、あの気立てのよさなら納得だわ。仕事ぶりも丁寧だし、患者さんにも評判がいいのよ。若いのによく気が付くって」

自分にも他人にも厳しい多恵は、あまり人を褒めることがない。

その彼女が絶賛するのだから彗が心惹かれるのも道理だと、羽海の顔を脳裏に思い浮かべる。

彼女と同じ職場だと知ると、これまでは気にも留めなかった清掃員のピンク色の作業着が視界に入るようになった。

今日の午前中も病棟の廊下をモップで掃除している羽海を見つけ、背後から近付いた。

『今日は肉じゃがが食いたい』

『ひ……っ』

仕事中は話しかけるなと言われていても、毎回まるで幽霊でも見たかのようなリアクションをするのが可笑しくて、目に入れば声を掛けたくなる。

『だ、だから、病院では近付かないでくださいとあれほど』

『俺は了承してない』

『じゃあ今了承してください』

『断る』

『うぅ……夜食はパンプキンスープにしてやりますから』

口を尖らせながら上目遣いで睨んでくる羽海を見て笑っていると、病棟に入院している患者や看護師などの視線が集まっていることに気付く。

彼女を見ていて気付いたのは、熱心な仕事ぶりだけではない。

よく患者と世間話をしているところを見かけるが、みんな彼女を「羽海ちゃん」と親しげに呼び、娘や孫のように可愛がっている様子だった。

談話室を清掃している時などは話すチャンスなのか、羽海も仕事の手は止めないながらも会話を楽しんでいて、かなりの人数が集まっているのを見たこともある。

初対面の時は羽海が多恵に取り入ったのだと勝手に想像していたが、もしかしたら多恵も患者たちと同様、彼女と話すうちに真面目で優しい人柄に惹かれたのかもしれない。

『だから俺に勧めてきたのか』

ボソッと呟いたのが聞こえなかったらしく、ぽってりとした唇に華奢な人差し指を当てながら、きょとんとした顔で首をかしげた。

これまでの羽海の言動で、彼女が彗に好意どころか興味すら持っていないのはわかっている。

だから上目遣いで首をかしげたそのあざとく映る仕草も、なにも考えていないに違いない。

無意識だからこそ放たれる妙な色気が彗の欲をそそり、思わず目を逸らした。

『……それは卑怯だろ』

『ふふっ、卑怯って。パンプキンスープ美味しいのに。そんなにかぼちゃが苦手ですか？』

『誰がかぼちゃの話をしてるんだ。それに苦手じゃない、嫌いなんだ』

『なにが違うんですか』

『苦手と言うとかぼちゃに負けたみたいだろ。俺がかぼちゃを嫌ってるんだ』

『子供みたい』

吹き出すように羽海が笑う。最近はこうして笑顔を見せてくれることが増えた。

自分が笑われるなんてこれまでの彗ならば不機嫌になりそうなものだが、相手が羽海だと悪い気はしないのだから不思議だ。

昼休憩前のやり取りを思い出していると、自然と口角が上がる。

そんな彗の表情を見た多恵は満足そうに微笑んだ。

「仕事熱心なのもいいけれど、家に帰ってホッとできる時間があると違うでしょう？」

「まぁ……そうだな」

なんとなく気はずかしく言葉を濁す。

これまで仕事一筋で、家には着替えと睡眠のためだけに帰っているようなものだった。

病院に泊まり込むことも珍しくなかったが、今は羽海の用意する夕食が食べたくて、もっと言えば羽海の顔が見たくて、急変の心配がない限り他のドクターと同じように当直医に引き継いで八時過ぎには帰宅している。

彼女は食についてアレルギーや苦手なものを確認し、和食が好きだと伝えた彗の好みに合わせた料理を出してくれる。

あれだけ彗になんでも言い返してくる気の強い羽海だが、些細なことにも気を配り、なにを望んでいるのかを確認する作業を怠らない。

食事をともにすることはないが、彗が食べている間は自室に戻らない羽海を見て、なかなか懐かない猫が気を許してくれたような喜びを感じていた。

自分の好みに合わせた温かい食事はやはり外食や出来合いのものとは違い、思わず『美味い』と呟くと、ソファでテレビを見ている羽海から「よしっ」と嬉しそうな声が聞こえる。

それを可愛いと思うし、家に帰れば彼女がいてくれるという環境に慣れ、癒されている自分に気が付いた。

彗は初めて抱く感情を持て余しているというのに、祖母にはそれを見透かされている気がする。

しかし次の多恵のひと言で、彗は一瞬にして現実に引き戻された。

「うまくいくようなら、結婚と理事就任の発表を一緒にしたいわね」

脳裏で思い返していた羽海の笑顔が霧散し、病院や財団の運営といった重責が押し寄せてくる。

羽海との縁談は、世間一般の恋人たちが経験するふわふわと幸せな結婚とはかけ離れていて、どちらかというと三十を過ぎて独身ではまずいという打算的な意味合いが強い。

理事就任と聞き、真っ先に浮かんだ懸念事項を尋ねる。

「……隼人は？」

「隼人にも同じように去年話したのよ、将来を見据えてちゃんとなさいって。あの子の場合、結婚よりも仕事に身を入れる方が優先なのだけれど。職場の評判を聞いてもよくならないし、いくら御剣本家の長男でもそんな人間を財団の理事に入れるわけにはいかないわ」

多恵が大きなため息をつきながらこめかみを押さえた。

彼女にとって彗も隼人も同じ大事な孫に違いないが、隼人は医師になれなかったコンプレックスを拗らせ、享楽主義に拍車がかかっている。

ふたりは一卵性の双子だが、漫画のように兄がなにを考えているのかわかるなんてスピリチュアルな経験はなく、母親が出ていって以降、兄弟の距離は遠ざかるばかりだ。

多恵はあと数年で理事長を引退し、彗の父があとを継いで理事長へ就任する予定でいる。総合病院の院長は父の弟である叔父に引き継ぐ気らしい。

まだ当分先の話だが、彗はいずれ院長だけでなく理事長も引き受ける気でいるし、話し合ったことはないが、きっと祖母や父もそのつもりだと思う。その布石として次の総会で彗を理事に選任しようとしているのだ。

今祖母を支えている理事会の主だったメンバーは、祖父の代から世話になっている重鎮が多くいる。

彼らの年代の人間から信頼を得るには、やはり実績とは別に妻帯者であることが必要だと思う。

幸い羽海はこれまで彗の周囲にいた派手な女性たちとは違い、メイクもファッションも華美ではないが清潔感があり、きちんと躾けられたであろう品のよさと、彗に反論する度胸も持ち合わせている。

なにより女帝と呼ばれる多恵の推薦という後ろ盾がある。御剣の親族や理事会の面々も、次期後継者の妻として文句はないだろう。

祖母の勧める羽海と結婚し、家庭を持つことで古株の重鎮への心象をよくする。そして長男である隼人よりも自分が後継者に相応しいと、身内だけでなく理事会にも早々に認めさせたい。

でなければ隼人が余計な横槍を入れてきたり、無駄に経営陣に派閥ができて財団の運営にとってマイナスになりかねない。

そもそも法人の理事会における親族間の議席は限られている。

それは近しい者同士での不正がなされないようにという措置で、御剣の名前を冠した財団や病院を運営しているが、理事や監査、そして現場責任者には親族以外の人間の方が圧倒的に多い。

現在、空いている理事の椅子は一席のみ。彗か隼人、どちらか一方を選ぶことになる。

だからこそ、ただ御剣本家の長男というだけで名を連ねさせるわけにはいかないし、圧倒的な実力と信頼をもって理事として認められるよう努力するつもりでいる。

（ばあさんを安心して引退させてやるには、早く結婚して任せても大丈夫だと思ってもらわないとな。好いた惚れたと浮かれている場合じゃない）

医師としても経営者としても、勉強すべきことは山のようにある。時間はいくらあっても足りないのだ。

兄の隼人が頼りにならない以上、今後信頼できるのは己のみ。

彗は先程までの浮ついた気分を引き締め、唇を真一文字に結んだ。

4．無自覚に惹かれて

病院に出勤すると、まず更衣室で作業着に着替えるところから一日が始まる。

七月も二十日を過ぎると夏本番といった暑さになってきて、通勤だけでも額にじわりと汗が滲んだ。

ひとりで羽海を育ててくれた貴美子に少しでも楽をさせたくて、高校を卒業後すぐに就職し、今年で社会人六年目。

背中と左胸のポケットの上に社名の入った淡いピンクと白を基調としたジップアップの半袖ジャンパーに、同じ配色のパンツを穿き、背中まであるストレートの髪を後ろでひとつに結んでから服よりも少し彩度の高いピンク色のキャップをかぶる。

同じ時間に出勤した同僚と一緒に地下二階にあるハウスキーピング室へ向かい、清掃に使う道具をワゴンに積み込むと、簡単な朝礼が行われる。

以前はオフィスビルを担当していたため、基本的に月曜から金曜まで同じメンバーで作業をしていたが、病院に休みはないため出勤はシフト制で、勤務日とともにその日の担当場所が割り振られた一覧表を月初めにリーダーからもらうシステムになっている。

院内は空気中の清浄度によって区分分けされており、高度清潔区域というバイオクリーン手術室や移植病棟などは、厚労省が定めている病院清掃受託責任者の資格を持っているベテランが行う。

準清潔区域とされるICU、分娩室、手術前に医師たちが手を洗うコーナーなどは、比較的若手も任せてもらえるが、羽海は病棟を担当するのが好きだった。

患者とコミュニケーションを取りながら、その人のために清掃する。

『なんでも綺麗にしていれば、自分の心も綺麗になる』という祖母の教えを実践し、掃除をしたことで喜んでくれる人の笑顔を見ていると自分も満たされる。

ずっと祖母とふたり暮らしでおばあちゃんっ子なせいか、羽海は年上に好かれやすい。ゆえに病棟のベテラン看護師や、長く入院生活を送っている患者など各病棟にどんどん顔見知りが増えていき、今ではどこを担当しても誰かしらに声を掛けてもらえるほどだ。

やりがいのある仕事で、将来への小さな夢にも出会えた大切な職場だが、今月に入って格段にやりづらくなった。

羽海の今日の持ち場は病棟の十二階から十四階。十二階には心臓血管外科があり、彗や看護師の仁科が勤務しているフロアだ。

回診の時間は病室への立ち入りを避けるためバックヤードを中心に清掃していると、棘のある声をぶつけられた。

「ちょっと、休憩室のゴミ箱が溜まったままなんだけど」

ベテランや既婚の看護師などは特に態度は変わらないが、この病院の後継者と名高い彗を狙っていた独身の女性たちは、皆すべからく羽海に対する当たりが強くなった。

その筆頭が、目の前で眦を吊り上げている仁科だ。

羽海はため息をつきたいのを我慢して、努めて冷静に口を開いた。

「休憩室のものは部外者に触れられたくないと仰っていたので、床掃除のみと変更をお伝えしたはずですが」

仁科は先日の打ち合わせの際、『休憩室に信頼できない部外者が入るのは嫌だ、盗難があってからでは遅い』と、散々羽海を蔑む発言をしたのだ。

しかしさすがに掃除をしないわけにはいかないので、一切部屋のものには触らず、扉を開けたままモップだけかけると話は着地したはずだ。

「そんなの知らないわ。どうしてゴミを捨てるくらいできないの？　患者さんからのあなたの清掃に対する苦情と一緒に、休憩室も手を抜かれたとそちらの会社に報告させてもらうから」

「そんな……きちんと打ち合わせでお話ししたはずですし、書面でも残っています。それに、以前も伺いましたが、どのお部屋からどんな苦情が出たのか聞かせていただけないと対応ができません」

「知らないわよ。たかが清掃員のくせに偉そうに口答えしないで」

仁科は羽海個人に嫌みを言うだけでは飽き足らず、こうして仕事にまで差し障るような嫌がらせをしてくる。

羽海が担当している病室からクレームが入っていると聞かされたが、個人情報だと言って病室を教えてもらえなかった。

翌日は各病室で『なにか清掃へのご不満はありませんか？』と聞いて回ったが、皆一様に首を横に振り『いつもありがとう』と感謝を伝えてくれた。

苦情の件が本当なら早く対処したいと仁科に伝えても、一切詳細を教えてはくれない。

以前トイレが汚くて掃除が下手だと仁科がわざと廊下で羽海を辱めようとしていたのを、羽海と親しくしている患者から咎められたのが、余程腹に据えかねたらしい。

それ以来、スタッフステーションやバックヤードの清掃中に理不尽なクレームをぶつけられるようになった。羽海の味方になってくれそうな師長や年長のスタッフが不在の時を狙う狡猾なやり口だ。

こうして一方的にクレームを言われているのを、何人かの看護師がクスクス笑って見ているが、誰一人過剰に指摘する仁科を諌めようとはしない。

しかし変更点は看護師側から言われたもので、こちらも書面で通告したのだ。羽海にまったく非はない。

「目障りなのよ。遊ばれてるだけの地味な女が彗先生の婚約者面してはずかしくないの？　誰にでもできる掃除しか仕事がない底辺のくせに。だいたいそのダサい作業着もうちの病院にそぐわないのよ」

（どうしてそこまで言われなくちゃいけないの？）

さすがに羽海の堪忍袋の緒が切れた。

彼女たち看護師のように直接的に患者の世話をしているわけではないけれど、病棟や室内を清潔に保ち、過ごしやすい環境を整えることだって立派な仕事のはずだ。

誇りを持って作業着を着て仕事をしているのを〝底辺〟呼ばわりされ、黙っているわけにはいかない。

これまで我慢していたのは、いい大人が職場で言い合いするのも如何なものかと考えていたのもあるが、ひとえにこの病院の理事長である多恵の顔が浮かんだからだ。祖母の友人であり、羽海とも親しく話してくれた多恵のテリトリーで問題を起こすわけにはいかないと思っていたが、もう限界だった。

彗との噂で多少のやっかみを受けるのは諦めていたが、これは明らかに行きすぎだ。

元来、間違ったことはきちんと正したいタチの羽海は、言いたいことを飲み込むのが得意ではない。

「いい加減にしてください」

いざ反論しようと口を開いたところで、背後から聞き慣れた声がした。

「随分な言い様だな」

驚いて振り返ると、男らしい眉根を寄せた彗が、汚らわしいものでも見る目つきで仁科を睨みつけていた。

「うちの病院？　いつからこの病院は君のものになったんだ」

「す、彗先生……」

突然現れた彗が羽海を庇うようにして立つ。彼に目を眇めて睨まれた仁科は当初の勢いをなくし、みるみるうちに青ざめていった。

「バックヤードが騒がしいと思えば。まだこんな低俗な嫌がらせをしているのか。見苦しい」

「ち、違います！　私は、清掃員さんにきちんと掃除をしてほしいと指導していただけで……」

必死に弁解する仁科だが、その言葉は徐々にか細くなっていく。

仮にも一緒に働く同僚女性に対し、吐き捨てるように冷酷な声で話す彗に驚いて羽海が隣に立つ彼を見上げると「いいことを思いついた」と恐ろしいほど美しい笑顔を見せた。

明らかに作りものだとわかるそれは、なまじ怒り顔よりも背筋が寒くなる怖さがある。

「彼女の清掃業務が誰にでもできる仕事だと言うのなら、今日からの一週間、病棟の手洗いの清掃は君に任せようか。きっとプロの成瀬さんよりも綺麗に磨き上げてくれるんだろう？」

「そんな！　私は看護師です！　トイレ掃除なんて」

「〝誰にでもできる仕事〟なんだから、君には造作ないんじゃないのか？」

大きな瞳を涙で潤ませた仁科は彗を見上げているが、得意の上目遣いも彼には一切効力を発揮しない。それがわかると、彼女は俯き悔しげに唇を噛み締めた。

「君の言葉を借りるのなら、患者の目の届かないバックヤードとはいえ大声で理不尽な言いがかりをつけているのは目障りだし、清掃員の仕事を貶すなんて人として底辺の行いだ。うちの病院にはそぐわない」

仁科が羽海にぶつけた言葉を使い、彼女を追いつめる彗は、あくまで笑顔を崩さない。

（これが〝嫌みなほど綺麗に作った笑みを貼りつけて、完膚なきまでにぶった斬ってしまう〟って噂の……）

もはや顔を上げられなくなった仁科と、ようやく恐ろしい笑顔を引っ込めた彗を交互に見比べた後、タイミングを見計らって言葉を挟んだ。

「あの、当事者は私なんですけど」

あれだけ清掃員という職業を侮辱した仁科に同情はしないが、元を正せば彗が病院内で羽海を婚約者などと嘯くからこんな事態に陥っているわけで。

「私が売られた喧嘩ですし、御剣先生はとりあえず退場してもらってもいいですか」

「は？　お前――」

「代わりにトイレ掃除をされるのも困ります。私の仕事なので」

できるだけ丁寧に希望を伝えたつもりだったが、目を見開き絶句した彗が、憮然とした顔で羽海を見下ろす。

「お前が俺に対するみたいにぽんぽん反論しないから、わざわざ出てきてやったんだろ」

「これからぽんぽん言うところだったんです。庇ってくださるのはありがたいですが、これは私と彼女の問題です。先生がいるとややこしくなるので」

「話を聞いた限りでは業務にも影響してるんだろ？　経営者側の人間から言わせてもらえば、提携先とのいざこざを見逃すわけにはいかない」

至極まっとうな意見だが、羽海にも反論はある。

「そもそも先生が院内で私に話しかけたり婚約者だなんて嘘を言ったりしなければ、ここまで騒ぎは大きくならなかったんです。だから言ったじゃないですか、ご自身がどれだけ注目されてるのか自覚してくださいと」

家にいる時のように言い合いをしていると、蚊帳の外になった仁科や周囲で見ていた看護師たちがポカンとした顔でこちらを見ているのに気が付く。

俺様で傍若無人と言われる彗に、こんなふうに意見する人物など見たことがないのだろう。

彗も同じなのか、やや気まずげにガシガシと後頭部を掻くと、仁科とその後ろにも視線を向けた。

「とにかく、このことは看護師長に報告しておく。改めないのならそれ相応の対処をさせてもらう。仁科だけじゃない、周りで見てた奴も同罪だ。覚えておけ」

「……はい、申し訳ありません」

蚊の鳴くような声で謝罪を口にした仁科や周りにいた看護師たちは、皆一様に肩を落として項垂れた。

「謝る相手は俺じゃない」

舌打ちしそうな彗の様子に、もう十分だと腕をぽんぽんとたたく。

「ありがとうございます。御剣先生」

羽海が感情的に言い返していたら、きっとこんなふうに早く収束はしなかったし、上辺だけの謝罪をされたところで暴言の数々を許せるわけでもない。

「謝罪は求めていません。私はただ患者さんや医療従事者の方が快適に過ごせるように、きちんと仕事がしたいだけです」

羽海はそれだけ言うとこの場を去ろうとしたが、妙案をひらめき「いいことを思いつきました」と先程の彗のようににこりと笑ってみせた。

「ここまで注目を浴びたんですから、私が先生の婚約者ではないと今ここでハッキリさせてください」

羽海の言葉に、項垂れていた女性たちの頭が上がる。どれだけ叱られたところで、やはりその点は気になって仕方がないらしい。

だからこそ、今この場で婚約者うんぬんが誤解であると知られれば、彼女たちも羽海に構う必要がなくなり、病院に平穏が戻ってくる。

バックヤードなので患者はいないが、この騒ぎで注目を集めてしまい、遠巻きで見ている人数が先程よりも増えている。

彗がハッキリと羽海とは恋愛関係にないと言ってくれれば、一瞬で解決するはず。とはいえ、なぜか必ず羽海と結婚すると言い張っている彗のことだ。一筋縄ではいかないだろう。

「俺の結婚相手は羽海なんだから、婚約者という表現は間違ってないだろ」

やはり羽海の予想通り、頑なにそう主張してくる。

「結婚というのは、愛し合う男女がするものです」

彗がなにを思ってあんな条件を出してきたのかは知らないが、羽海に対して恋愛感情を抱いていないことは確かだ。

いくら彗でも、こんな衆人環視で祖母が勝手に決めた条件付きの結婚だと公にする気はないはずだ。

スキャンダルはご法度だと言っていたし、体裁は取り繕いたいに違いない。

羽海は会心の一撃を放つ。

「私は、私を愛していない人と結婚する気はありません」

嘘偽りない本音だ。どれだけ彗が魅力的な人物だとしても、愛されないとわかっている結婚をする気はない。

彗が恋愛感情を持たない結婚を望んでいるのならば、これでもう羽海に結婚話を持ちかけることもないだろう。

いいアイデアだと内心ガッツポーズをする羽海だが、相手は一枚も二枚も上手だった。

「バカだな、今さらなにを言ってるんだ」

「え?」

彗の大きな手が羽海の頭に優しくぽんとのせられる。

「愛してる、羽海」

これまでの貼りつけたような恐怖を感じさせる笑みではなく、ひたすらに甘い笑顔で羽海の頭を撫でながら、愛の言葉を告げた。

「な、な……っ⁉」

これには言われた羽海だけでなく、一番近くにいた仁科や周囲の看護師、通りがかった別の科の男性医師までもが泡を食った。

極上のルックスを持つ彗が羽海に視線を合わせるように身を屈め、続けて「羽海だから結婚したいんだ」と懇願するように耳元で囁くと、まるで恋愛映画のクライマックスを見ているような気分に陥る。

その場にいる彗以外の人間が一同に真っ赤になってぼーっとしてしまう中、彼の目の奥が可笑しそうに笑っていることに気付き、真っ先に我に返ったのが羽海だった。

（あ、あぶない……！　私の思惑に乗りたくなくて、わざと公衆の面前で言ってるだけだ。顔がよすぎて騙されるところだった！）

キッと目を吊り上げて睨むと、羽海の考えを裏付けるかのように、彗は悪びれもせずにニヤリと口の端を上げてみせたのだった。

以来、羽海や彗を取り巻く院内の雰囲気がガラッと変わった。

騒ぎから一週間が経つが、彗の方が気の強い羽海にベタ惚れだという噂があっという間に広がったのだ。

その時点で真実とは違うのに、さらに尾ひれと背びれ、ひげに手足までついて、原形のない話が病院中を駆け巡っている。

貴美子の見舞いに行くと彼女の耳にも入っていたらしく、「ほら、運命の人は近くにいたでしょう?」と、とても嬉しそうに微笑まれた。

彗が仁科に対して放った発言がどう捻じ曲がったのか、トイレ掃除をするとイケメンエリートと結婚できるという都市伝説まで生まれ、複数の看護師から清掃員の給料やクリーン&スマイルに求人は出ているのかなどを尋ねられた時には開いた口が塞がらず、噂などあてにならないと心底思い知った瞬間だった。

結果、嫌みを言われたり嫌がらせを受けたりすることは一切なくなり、その点だけを見ればよかったと思えるが、居心地の悪さは変わらない。

それに、羽海は怒っていた。

『愛してる、羽海』

声のトーンも、蕩けるように甘い微笑みも、頭にのせられた手の感触まで鮮明に思い出せる。

(あんなふうに至近距離で、デタラメの愛を告げるなんて!)

恋愛経験がなく男性への免疫も著しく低い羽海は、まんまとドキドキしてしまった。

その時は実際に距離も近く、わざと耳元で囁くように言われたのだから仕方ないと思えたが、二日経った今でも思い出しては鼓動が速まり、胸がきゅっと切なくなる。

いくらあの場を収めるためだったとはいえ、大勢の人の前で偽物の愛を告げた彗にも、嘘だとわかっているのにときめいている自分にも腹が立つ。

（前に『言い寄ってくる女もいなくなって、俺も仕事がしやすくなる』って言ってたし、モテすぎて面倒とかいう理由で私を女除けに使ってるに決まってる）

羽海は掃除道具を片付けながら、ふるふると首を振った。

（違う。そんなことよりも、今日は野間《のま》さんの手術だ）

この日、野間という四十代の男性の手術が行われていた。

重度の心不全を患っている彼は患者申出療養制度を申請し、この病院の心臓外科チームを頼って隣県の病院から転院してきた。

患者申出療養制度とは未承認薬等の使用を希望する困難な病気の患者からの申し入れを受け、安全性や有効性を確認しながら治療を進めていくもので、将来的に保険適用に繋がるデータの収集も行っているらしい。

そう説明してくれたのは野間本人だ。彼は家族の元に帰りたいという強い意思で、病気と戦うために様々な病院や制度を調べたそうだ。

『補助人工心臓の管を耳の後ろから通すとよ。未承認やけん手続きとか大変っちゃけど、それなら風呂も入れるって先生が言いしゃったんよ。本当にこの病院を頼ってよかったばい』

九州出身でチャーミングな博多弁を話す彼は、清掃中によく話す患者のひとりで、有名なゲーム会社に勤めている。

きっと誰よりも不安に違いないのに、気丈に笑う野間はとても強いと羽海は思う。

『羽海ちゃん、これうちの娘たい。可愛かろう？』

『娘がこの漫画が面白い言うかい読んでるっちゃけど、よさがいっちょんわからん！』

小学生の娘さんがいるそうで、よくスマホで写真を見せてくれた。

垂れ目気味な目尻をさらに下げて微笑む野間が患者中出療養制度を使ってまで病気と闘おうとしているのは、心配しながら待っている妻や娘のために一日も早く元気になりたいからに違いない。

彼が入院している四人部屋の病室からはよく笑い声が聞こえ、ムードメーカー的な存在なのがわかる。

両親を早くに亡くした羽海は、彼の娘のためにも手術が成功することを祈っていた。

執刀するのは優秀な医師が集まる御剣総合病院の心臓血管外科の中でも抜群の腕を

誇る彗。そして彼の父である院長が第一助手に入るらしい。

承認前の耳介後部型の補助人工心臓の使用とあって医学界などでも注目され、ここ二、三日の十二階病棟は緊張感のある空気が流れており、彗は家でもずっと自室に籠もって勉強している。

一度、夜食を持って部屋へ行った際、あまりにも一心不乱に机に向かう彗が心配で声を掛けた。

『あの、できればちゃんと食べて寝てくださいね。先生が身体を壊してしまったら、本末転倒です』

余計なお世話だとはわかっていても言わずにいられないくらい、彼は寸暇を惜しんで知識や情報を取り込んでいるように見えた。

『わざわざ大変な制度を使ってまでうちを頼ってきたんだ。必ず成功させて普通の生活を送れるようにしてやりたい』

羽海の言葉に振り向くことはなかったが、医師として自分よりも患者のことを考えて努力を重ねる彗に尊敬の念が湧いた。

院内の噂では不遜で傍若無人な俺様医師だと噂があったが、実際は真逆だと羽海は感じる。

そのギャップが生まれるのは、これほどまで患者を思って仕事に向き合う彼の姿を知る人がいないからなのだと思うと、自分だけが彗の本質を知っているような気になって心がざわめいた。

手術予定日を控え、まったく関係のない羽海でさえドキドキして昨日の夜はうまく眠れなかった。野間と同じ病室の患者たちも同じらしく、清掃のために部屋へ入ると皆そわそわしていた。

なんとかいつも通り業務をこなしたが、家族でもない羽海が彼の手術の結果を知るすべなどなく、貴美子の病室に顔を出してから帰宅した。

手術に関しては羽海がいくら気を揉んでも仕方ないと頭から締め出すために、家事をしながらこの二週間の出来事に思いを馳せる。

事務員だと思い込み親しくしていた多恵が祖母の友人であり、さらに大病院を運営する財団の理事長だと知った。

多恵の孫で病院の後継者である彗と結婚前提の交際を勧められ、断ったものの勝手に実家のリフォーム工事が始まってしまい、仕方なく彗の部屋での同居生活を余儀なくされている。

何度考えても奇妙で非常識な展開なのに、彗はなぜ羽海を家に招き入れ、病院で婚約者と触れ回っているのだろう。

彼ならどんな女性でも選び放題なのに、旧友と再会して盛り上がっている祖母の勧めというだけで結婚相手を決めるなんてあり得ない。

かといって羽海は彼のようなハイスペックな男性に一目惚れされるだけの容姿を持ち合わせているわけでもなく、すぐに言い合いになることを鑑みれば好意を持たれているわけでもなさそうだ。

傲慢で傍若無人な俺様という噂だけを鵜呑みにして、あまりいい印象を抱いていなかった頃から考えると、彗との物理的な距離が近付いたおかげで人となりも見えてきたし、考え方は合わないが悪い人ではないと思う。

女同士のいざこざは面倒くさいと言いながら、嫌みを言われていたのを庇ってくれたおかげで仕事も格段にしやすくなったし、特に医師という仕事に真摯に向き合い、立場や現状に驕らず努力しているところは素直に尊敬できる。

また数日前、リビングでニュース番組を見ている時の何気ない会話で、彗の柔軟な思考力に感心したことがあった。

急速に進化したＡＩ《エーアイ》技術を子供の教育現場に持ち込む賛否について取り沙汰されて

いた時のこと。

『え、だってこれを導入しちゃったら、宿題を自分でやらない子が増えちゃうんじゃ……』

〝勉強は手を動かしてこそ〟と、電子辞書すら使わず分厚い国語辞典をランドセルに入れていたタイプの羽海は、簡単に答えを教えてくれるAIの導入に否定的だった。

『それは導入の仕方次第だろ』

『導入の仕方?』

『たしかに、ただ子供に使用方法を委ねてしまえば解答を丸写しするなんて子も出てくるだろう。でも、たとえば自分で解いた答えとAIが導き出した答えが合ってるかを比べてみるとか、有益な利用方法はあると思う。医療現場でも診断にAIを使うことがあるが、それを鵜呑みにするわけじゃなく、判定材料のひとつにすぎない。要は自分をサポートするものとして使えばいい』

彗の考え方を聞き、羽海は素直に納得したし、短慮に否定するしかできなかった自分を恥じた。

彗が弱冠三十歳で数々の患者を救ってきたのは、こうした柔軟な思考力も影響しているのかもしれない。

　徐々に彗に対する認識が変化し、近頃は彼と一緒にいるのが楽しいと感じていた。

　ここ一週間は病院内での偽の告白に怒っていたので、夕食には必ず彗の嫌いなかぼちゃ料理を一品用意していたが、それに対して不服を言うでもなく、しかし頑なに食べずにラップをして冷蔵庫に戻している様子を見て可愛いと思っていた。

　しかしどれだけ印象が変わったところで、彼に恋心を抱くわけにはいかない。

　多恵がなにを思って彗に羽海との交際を勧めたのかわからないが、彼が結婚相手に求めているのは、恋愛感情を持たず、かといって外で遊んだりもしない、ただ病院の後継者を生むためだけの存在。

　恋愛や結婚に夢を見ている羽海にとって正反対の価値観であり、到底受け入れられない条件だ。

（結婚の話は何度も断ってるのに、どうして御剣先生は私に固執するんだろう。多恵さんに言われたから？　ああ見えて、実は私以上のおばあちゃんっ子だったりして）

　勝手な想像でクスリと笑っていると、玄関の鍵の開く音がした。

　夜の十時を過ぎているし、もしかしたらそのまま病院に泊まるのではと思っていたが帰ってきたようだ。いつも通り夕食を用意していてよかったとホッとする。

「おかえりなさい」

「あぁ。……ただいま」

いまだに小声で照れくさそうではあるが、こうして挨拶を返してくれるようになったところも羽海の心を揺さぶってくる一因でもある。

術後に病院でシャワーを浴びてきたという彼が直接リビングへ来たので、すぐに料理を温めて配膳した。

「珍しくかぼちゃがないな。どういう風の吹き回しだ」

多少疲れた顔をしていた彗だが、テーブルに並んだ料理を見てクッと喉で笑う。

「今日くらいは。私だって鬼じゃないですよ」

「やっと気が済んだか」

「まだ怒ってますけどね」

「なにに怒るんだ。要望に応えてやったのに」

まだ半笑いでいる彗に呆れた顔を向けた。

まさか『愛してる』と言っておけば、羽海がその気になって結婚するとでも思っているのだろうか。

家事の対価として法外な値段のブランドバッグをぽんと渡そうとする彗ならあり得る気がした。

（ルックスも家柄も医師としての才能もあるのに、本当にどこか残念な人だな）

手術で疲れている彗を相手にそれ以上押し問答するのも躊躇われ、羽海は自分のアイスティーをグラスに淹れて彼の向かいに腰を下ろした。

以前はソファにいることが多かったが、実家では食べる時間がずれても、羽海がひとりで食事をしないよう貴美子がテーブルについてくれていたのを思い出し、なんとなくそれに倣っている。

特に会話があるわけではないし、なにか求めているわけでもない。ただ綺麗な所作で次々と料理が胃袋に収められていく様をぼんやりと見ているのが最近の日課だった。

「ありがとう。美味かった」

食事を終えて手を合わせた彗がぼそりと放ったひと言に、羽海はぎょっとして正面を見つめる。

（初めてお礼を言われた）

挨拶やメッセージの返信すらしない人だったのだ。たまに「美味い」と独り言のように呟いても、感謝の言葉など口にしないと思っていた。

そもそも家事は無償で部屋に置いてもらう代わりに自己満足でしているだけに過ぎ

ず、彗は不要だと言っていただけに、謝意と一緒に褒めてもらえるとは予想外すぎて頬が勝手にニヤけてしまう。

「……なんだよ」

「いえ。お粗末さまでした」

嬉しさを噛み殺せず、満面の笑みでぺこっと頭を下げると、照れくさいのか彗の耳が心なしか赤くなっていた。

それに気付いた羽海の耳も熱くなっていく。

(どうしてだろう。お礼を言われただけで、こんなにも嬉しい……)

職場で患者に言われる「ありがとう」も、やりがいを感じて嬉しくなるが、彗に言われた威力は格段に違う気がする。

心の奥底が温かくなるのに、据わりが悪いような変な感じだった。

「明日は魚が食いたい」

照れくさく面映ゆい空気が漂う中、彗がぶっきらぼうに言い放った。

「煮魚ですか？　それともフライがいいですか？」

「羽海が作るならなんでもいい」

聞きようによっては仲のいい恋人同士や夫婦のような会話に思えて、羽海は再びぎょっとする。

表情や声のトーンから、決して興味がなく適当な『なんでもいい』ではないと察せたからこそ、余計に彗の本心なのだと思えて擽ったい。

家庭的なアピールやプレゼント目当てだと思われていたこともあったが、今は純粋に受け止めているようだ。

羽海の作る料理を気に入ってくれたのだと思うと、心が踊るように嬉しくなる。

浮き立つ心をなだめながら、何気ない表情を取り繕って「わかりました」と頷き、今なら聞けるかもしれないと、気になっていたことを口にした。

「あの、今日手術だった野間さんなんですけど……」

毎日複数のオペをこなす彗でもセンシティブになるような手術だったのは、ここ数日の彼や病棟の様子から素人の羽海でも想像できる。

医療従事者でもない羽海がその話題を出していいのかすらわからず、しどろもどろになりながら野間の名前を口にすると、聞きたいことを察した彗が肩を竦めた。

「悪いが、医者にも守秘義務があるんだ」

「あっ、そうですよね……。すみません、不躾に聞いたりして」

調子に乗って踏み込みすぎてしまったと肩を落とす羽海に、彗は口角を引き上げて言う。

「だがまぁ、俺が病院に籠もらず、ここに帰ってるのが答えだ」

「え？　そ、それって……」

縋るような目で彗を見つめると、彼は自信に満ちた顔で大きく頷いた。

その頼もしい表情に、羽海は手術の成功を確信し息をのむ。

（成功したんだ。御剣先生が野間さんを助けてくれた……）

そう知った羽海の脳裏に、娘の写真を愛しげに見つめていた野間の顔が浮かんだ。

病棟で働いていると、退院していく患者を笑顔で見送ることもあれば、そうでない場合ももちろんある。

清掃に入った病室が次のシフト時には空室になっていて、なんとも言えない気持ちになった経験もある。

（野間さんは、家族の元に帰れるんだ）

昨夜からずっと気を張りつめていたせいか、安心して身体から力が抜ける。

野間と同じ病室の患者にも手術の成功は伝わっただろうか。彼らも気を揉んでいたので、今頃ホッとしているに違いない。

野間の家族や、入院仲間の吉報に喜ぶ患者たちの気持ちを思うと、瞳に涙が滲む。

（やだ、泣きそう……）

じわりと目頭が熱くなり、羽海は零れそうな涙を見られたくなくて、彗の気遣いに対してお礼も告げていないのにも気付かず席を立った。

「コーヒーでも淹れますね」

不自然なほど顔を背けてそそくさとキッチンへ向かい、頬を伝う涙を指先で乱雑に拭う。

しかし一度緩んだ涙腺はなかなか戻らず、羽海はキッチンの床で蹲り膝に顔を埋めた。

「野間さん、よかった……」

大きく長い息を吐き、なんとか気持ちを落ち着かせようと努めるが、ぽたぽたと落ちるしずくがスカートに滲んでいく。

家族の元に帰りたいという野間の気持ちはもちろん、元気に帰ってきてほしいという家族の気持ちも痛いほどよくわかる。

そして、その両者の強い願いを叶えたのが、症例が少なく難しいと言われる手術を成功させた彗なのだ。

俺様で傍若無人と噂の彼が、寝る間を惜しんで勉強しているのだと一体どれだけの人が知っているだろう。それを間近で見ていたのは羽海ひとりだけ。

野間の無事に安堵する気持ちや、注目を浴びる中で見事に手術を成し遂げた彗に対する誇らしさ、彼の努力を自分だけが見ていた優越感など、色んな感情がごちゃごちゃと胸の中で渦巻き、零れる涙を止められないでいると。

「羽海？」

キッチンを覗きに来た彗の怪訝な声音で、ハッと我に返る。

「あ、御剣……先生」

「どうした、気分が悪いのか？」

慌てた様子の彗が肩を抱くように傍らにしゃがみ込み、心配げに顔を覗き込まれた。

左手で羽海の額の熱を計り、右手は手首で脈を確認している。

突然予告なしに触れられてドキッとするが、具合が悪いと勘違いさせてしまったのだとわかり、羽海は小さく首を振った。

「ごめんなさい、違うんです。さっきの先生の話を聞いたらホッとして……」

「さっきの話？」

「野間さん、小学生の娘さんがいるんです。私は小さい頃に両親を亡くしたので……野間さんがご家族の元に帰れるんだと思ったら、嬉しくて」

貴美子は愛情いっぱいに育ててくれたが、やはり両親がいないのを寂しく思う時もあった。

祖父も他界しており、特に男親というものを知らずに育った羽海は、もしも父が生きていたら、野間のように自分の写真を待ち受けにして周囲に見せて回ったりしたのだろうかと想像を巡らせたりもした。

会ったこともないけれど、野間の娘に自分の幼少期を重ねていたのかもしれない。

彼女は自分のような寂しい思いをしなくて済むのだとわかると、安堵と幸福感と、そして少しの切なさで心がいっぱいになった。

「御剣先生は野間さんだけじゃなく、野間さんの家族も救ったんですね」

羽海が照れくささからたどたどしい口調で涙のわけを話し終えると、改めて手術を終えた彗を労おうと笑顔を向ける。

すると目の前の彗がハッと息をのみ、瞳の奥を覗き込むように見つめてくる。そのまま身体を密着させ、頬に手を添えて親指で涙を拭われた。

優しい指先の感触と近すぎる距離にドキッとする間もなく唇が重ねられ、驚きで目を見開く。

「んっ……⁉」

向かって左に傾けられた端正な顔は至近距離でも美しく、伏せられた瞳を覆うまつ毛がやけに黒く映った。

キスをされているのだと気付いたものの、なぜこんなことになっているのかも、どう反応したらいいのかもわからない。

(な、なんで……?)

驚愕で涙は止まり、固まったまま何度もぱちぱちと瞬きを繰り返す。

ただ、意外なほど嫌悪感は湧かなかった。

合わさるだけの唇が離れていく気配に喉を震わせると、名残惜しそうに舌の先で下唇を舐められビクッと肩が揺れる。

「み、御剣せん、せい……?」

唇が解放されても頬と腰はしっかりホールドされていて、服越しにも伝わる体温に鼓動は速まり、不思議と安心できる香りが鼻腔を擽る。

逃げようにも逃げられない体勢で、羽海は困惑したまま自分を囲う男の顔を見上げた。

(どうして？　なんでキスなんか……)

頭の中ははてなマークだらけで、一瞬の口づけで思考回路が使い物にならなくなったようだ。

「泣くな」

彗は低い声でそれだけ言うと、再び顔を寄せてきた。

涙を止めるだけならば、もうその目的は達成されている。それでも彼はもう一度唇を重ねた。

先程の触れるだけのキスとは違い、彗の舌が唇の合わせを開けろと言わんばかりに往復する。

その擽ったさと、初めてのキスで息継ぎの仕方さえわからない息苦しさから、小さな吐息とともに口が開き、あっさりと彼を招き入れてしまう。

ぬるりと絡ませられた舌の感触に、ぞくっと腰に痺れが走る。

パニックのまま彗にされるがまま腔内を明け渡し、流し込まれるふわふわとした心地よさを享受していた。

「んっ、ふぅ……」

自分の甘ったるい吐息を耳にして、ふたりでキッチンの床に座り込み、頭も身体も蕩けるような口づけを受けている現状を、やっと脳が俯瞰で認識する。

羽海は力の抜けていた腕をなんとか持ち上げて彗の胸元を押し返した。

大した力ではないが、制止の意を汲み取った彗は不本意そうに眉間に皺を寄せながら離れていく。

「あの、あの……」

頭の中には聞きたいことや言いたいことが山のようにあるのに、突然奪われたファーストキスに動揺し、普段は口達者な羽海なのにひとつも言葉が出てこない。

「羽海」

戸惑うだけで拒絶の言葉を発しない羽海の頬を撫で、彗は懇願するような響きで名前を呼ぶ。

恋愛経験のない羽海にも、このあとの展開はなんとなく想像できる。

理性的な自分が『ダメ！』とぶんぶん首を横に振っているそばで、心の奥底に眠っていた自分でも知らない感情が目覚め、彗の胸元を押し返していた手の力を緩めろと指示を出す。

慣れない伝達がうまくいかず、力を緩めるどころか、彼の服をぎゅっと握りしめた。

すると、目の前の彗が小さく息をのむ。

それが合図となり、羽海の膝裏に手を入れると、あっという間に抱き上げて自室に向かって歩き出した。

「きゃあっ！」

ファーストキスに続き、初めてのお姫様抱っこに狼狽えるが、彗は気にする素振りもなくベッドへ下ろした。

羽海が「やっぱり無理」と言えば、多少気まずくなるが引き返せる。いや、引き返すべきだ。

そう理解しているはずなのに、羽海はその言葉を言えずにいた。

「羽海」

彗の声で紡がれると、自分の名前がとても綺麗で愛おしいものに思えてくる。

「……もしかして、初めてか？」

羽海の様子を見て察した彗が尋ねた。

嘘をついても仕方がないので、正直にこくりと頷くと、彼ははっと短く息を吐き、こつんと額を合わせて羽海に覆いかぶさってくる。

「優しくする」

たったひと言、それだけでわずかながらあった恐怖心は消え去り、ただおかしいくらいに胸が高鳴っていて、心臓が壊れてしまいそうなほど鼓動が速いリズムを刻んでいた。

肌をかすめる彗の手は大きくて、時折こちらを窺うように向けられる視線と同じくらい熱い。

「あ……」

真面目で優等生な羽海にとって、交際していない男女がキスをしてベッドになだれ込むなど、こんな不誠実でふしだらなことはない。

それなのに拒絶するどころか、気遣うように優しく触れる手や唇に翻弄され、まるで愛する恋人に触れるような仕草に勘違いしそうになる。

（ダメだってわかってるのに……こんなふうに大切に触れられたら、先生を拒めない……）

歯止めをかけようとする理性的な羽海は彗の熱い体温によって溶けて消え、このまま身を任せたいと本能が告げていた。

心の奥底に芽生え始めた感情を見て見ぬふりをして、自ら彼に縋り抱きついていた。

恋人同士ではないのだから甘い言葉はないけれど、全身が蕩けそうになるほどの熱と、普段の俺様で強引な彗はどこへ行ったのかと思うほどの優しさと思いやりを感じる。

いつの間にか互いの服はベッドの下に追いやられ、素肌を合わせ、彼を受け入れた。

破瓜の痛みは一瞬で、それ以上の快感を与えられ、感覚が上書きされていく。

何度も名前を呼ばれ、そのたびに心が震え、芽吹いた感情が大きく育っていく気がした。

その感情に名前をつけるより、今は彼から与えられる熱情に身を委ねてみたい。

羽海はぎゅっと目を瞑り、自分に覆いかぶさっている身体にしがみつく。すると、より強く抱きしめ返され、幸福感で胸がいっぱいになる。

たくさんの初めての感覚に酔いしれ、互いの体温を分け合いながら長い夜は更けていった。

5. 初デートでのプロポーズ

直接肌に当たるシーツの感触に違和感を覚え、羽海はゆっくりと瞼を上げた。

ブラインドが半分上がった窓からは朝の眩しい光が差し込んでいて、今日も暑い一日になりそうだ。

目に映るのは見慣れぬ観葉植物やサイドテーブルで、羽海は一瞬自分がどこにいるのか混乱したものの、身体の倦怠感と下腹部の痛みが、昨夜ここで起こった事実を生々しく語っている。

(そうだ。私、御剣先生と……)

首だけ動かして周囲を確認するが、ベッドにも寝室内にも彗の姿は見当たらない。明るい場所でなにも身につけていない無防備な姿を晒さずに済み、ホッとすると同時に少しだけ落胆し、心がスッと冷えていく。

よく見る少女漫画の一夜明けたシーンでは、ヒロインの寝顔を優しい顔で見守るヒーローの図がお約束で、恋愛に理想を抱く羽海も、いつかそんな朝を迎える日がくるのを夢見ていた。

（なにガッカリしてるの。恋人じゃないんだから御剣先生が私の目覚めを隣で待つ義務なんてないし、彼の腕の中で目を覚ましたって気まずいだけなのに）

自らに言い聞かせながら手早く服を身につけてリビングへ行くと、テーブルにメモが置いてあった。どうやら彗は病院へ向かったらしい。

【受け持ちの患者が急変した。行ってくる。身体が辛ければ休んでおけ】と記された下に、いかにも慌てて書いたような走り書きで【野間さんじゃない】と付け足してあった。

昨夜、手術した野間を想って涙したところを見せたせいで気を遣わせてしまったが、その心遣いと、彗が隣にいなかったのは呼び出しがあったからなのだという事実に、つい先程冷えた胸の奥がじんわりと温かくなる。

安堵すると、今度は彗を呼び出すために近くで鳴ったであろう電話の音に気付かないほど疲れ果てて眠っていた自分がはずかしくなる。ソファに移動して膝を立てて座ると、叫び出したい衝動をクッションに顔を埋めることでなんとか抑え込んだ。

（私、一体どうしちゃったんだろう……）

なぜ身体を重ねてしまったのか、自分らしくない行動に動揺が走る。

ただ彗が自分を求める熱に絆され、拒否できなかった。いや、正しくは拒否しようと思わなかった。

野間の手術が成功したと知り、ホッとして溢れた涙は突然のキスによってぴたりと止まり、頭の中は彗一色に染め上げられた。

真っすぐに見つめて名前を呼ばれ、涙を拭う指先の優しさに胸が高まり、ぼうっとしてなにも考えられなくなったのだ。

（もしかして、先生を好きになってる……？）

自覚するまいとしていた感情に目を向けるが、そんなはずはないと首を振る。

最近は居候生活にも慣れ、他愛ない言い合いをしながら楽しく暮らしていた。しかし、結婚を提案された時の条件は忘れようがない。

彗に恋心を抱いてしまえば、よくない結末へ向かうのが目に見えている。

（このまま流されちゃダメだ。もっと自分を強く持たなきゃ。好きじゃない、好きになってなんかない……）

羽海は必死に自分の気持ちを見て見ぬふりを続けた。

ところが、そんな羽海の努力を打ち砕くように、彗の態度がガラリと変わった。

初対面の頃の不遜な態度や一線を引いている雰囲気がなくなり、むしろ愛されているのではと感じてしまうほど優しくなった。

話す表情も声のトーンもこれまでとは違い、どこか甘さが含まれているように思える。端的に言うのならば、口説かれている気分になってしまうのだ。

それでも羽海は期待しないようにと自分を戒め、今まで通り生活しようと心掛けたが、それも徒労に終わった。

俺様でぶっきらぼうな口調は変わらないし、些細なことで意見が食い違うこともあるが、家事をすると礼を言われ、帰宅時間を連絡してくれるようになった。

夕食を作っているので帰宅時間がわかれば準備しやすく助かる反面、【今日は早く帰れそうだ】と届いたメッセージに対し【わかりました。今日は生姜焼きです】などと返信していると、まるで新婚夫婦のようで照れくさい。

【羽海の料理はなんでも美味い。早く食べたい】などと返ってきた日には、特製の生姜ダレをひっくり返しそうになった。

さらに彗は担当が違う貴美子の病室にも頻繁に顔を出し、気にかけてくれる。

人が変わったように優しくなったというよりは、表立っていなかった優しさをわかりやすく見せてくれているのだと感じる。

あの夜を境に羽海と彗の距離は加速度的に縮まっていった。

家でも院内でも、顔を合わせれば上から目線で「いい加減、俺との結婚に頷け」と口説き、髪や頬に触れるなどのスキンシップを仕掛けてくるので、心拍数は上がりっぱなしで落ち着かない。まるで本気で羽海と結婚したいと思っているかのようだ。

(女性に冷たいという噂はなんだったの?)

恋愛経験値の低い羽海にとって、いつまで経っても見慣れないほどイケメンでハイスペックな彗から日常的に口説かれるのは刺激が強すぎる。

こちらがあたふたするのを楽しんでいる様子の彗だが、あの夜以降、彼が羽海の素肌に触れることはなく、それがさらに羽海を悩ませていた。

(御剣先生がなにを考えているのか、まったくわからない。おばあちゃんから突然言われた結婚に、あんな条件をつけてくる人なのに……)

困惑とはじらいがないまぜになりつつも、少しずつ惹かれていくのを止められない。好きになってはダメだと戒めれば戒めるほど、彗のことを考えている自分に気付かされる。

いっそ『手近にいるから手を出しやすかった』とか『処女を抱いたことがないから興味があった』などと最低な発言でもしてくれれば目が覚めるのにと考えたが、そんな男ならば羽海自身が身体を許すはずもない。

(もしかして先生も私を……? いや、そんなわけないよね。あんなにモテそうな人誘われた。

が、わざわざ私を選ぶなんて……）

悶々と考えていたある時、たまたまふたりの休みが重なる前日に、彗からデートに

「デート？　明日ですか？」

「あぁ。どこか行きたい場所はあるか？」

帰ってくるなり突然提案され、羽海は目を瞬かせる。

相変わらずこちらの都合を聞かず、出かける前提の強引な問いかけだが、行き先を羽海に委ねてくれることが嬉しい。

（どうしよう……でも、先生のことをもっとよく知りたい）

彗を知り、自分自身の気持ちを考えるチャンスだと思い、誘いを受けることにした。

しかし学生の頃に男女複数で遊園地に行った経験くらいしか持たない羽海は、六つも年上の男性とのデートに最適な行き先がわからない。

（デートといえば映画？　でも先生の好みの映画がやっているかわからないし。遊園地は暑いよね。夏だから海とかプール？　無理無理、水着になんてなれない！）

頭をフル回転して考えても、正しい答えが出てこない。

余程困り果てた顔をしていたのだろう。羽海の表情を見た彗が、子供のように無邪

気な笑顔で吹き出した。

「なにをそんな考えることがあるんだ」

「だって……デートなんてしたことがないから、どういう場所がいいのかわからなくて……」

自分から経験のなさを語るのもはずかしいが、肌を合わせた時に恋愛経験の乏しさはバレているので、今さら取り繕ったところで仕方がないと正直に打ち明ける。

すると、笑っていた彗がグッと喉を鳴らして噎せ込んだ。

「大丈夫ですか？」

「なんでもない。羽海が好きな所とか、行ってみたい場所を言えばいい。どこへだって連れてってやる」

数少ない休みはいつも部屋で勉強している彗が、自分のために時間を使おうとしてくれている。それだけで羽海は胸がいっぱいになった。

せめて彗の疲れも癒せる場所はないかと考えた末、ようやく浮かんだのは水族館。

彼のマンションからほど近い商業ビルの高層階に入っているため、負担にもならなそうだ。

可愛い動物に癒され、近場で、なおかつデートらしさもある気がする。

「あの、水族館に行きたいです」

おずおずと希望を告げると、嬉しそうに頷き了承してくれた。

翌朝、支度を終えたふたりは、彗の運転する車に乗り込んだ。

マンションの地下駐車場から一階の車寄せまでコンシェルジュが車を持ってきてくれるホテルのようなサービスにも驚いたが、彼の愛車のハイグレードさにも度肝を抜いた。

イタリアのブランドで、地上の戦闘機と呼ばれるほどのエクステリアデザインを持ち、真上に跳ね上がるシザードアなど、いかにも高級車という迫力のある見た目に圧倒される。

もちろん外見だけでなく乗り心地もよく、外装と同じく真っ黒な革張りの内装はラグジュアリーさが漂い、インパネやセンターコンソールの縁取りに赤いラインが入っているのが粋で、男の色気や遊び心を感じさせた。

おっかなびっくり助手席に座る羽海を乗せ、機嫌がよさそうな彗が愛車を走らせ向かった先は、水族館ではなく有名な百貨店だった。

「ここですか？」

「あぁ。先にちょっと付き合ってくれ」

そう言われてやってきたのは、本館九階にあるメンバーズサロン。

ラグジュアリーな空間で、まるで高級ホテルの一室のよう。

臙脂《えんじ》色のカーペットが敷かれた個室は三十畳ほどの広さで、インテリアはブラウンとオフホワイトで統一されている。

天井には大きなシャンデリアが吊るされ、部屋の中央にあるソファはチェスターフィールドと呼ばれる肘掛け部分と背もたれに鋲打ちが施されたもので、丸いアームのデザインは高級感と重厚感がある。

彗が予約していたのか、部屋に着くなり紅茶と茶菓子が出され、一流ブランドの女性物の服がラックにかけられ多数持ち込まれる。

一体なにが始まるのかと目を丸くしていると、華やかなメイクに黒服を着た三十代くらいの女性スタッフが羽海に微笑みかけた。

「水族館にお出掛けされるとお伺いしておりましたので、涼し気な雰囲気のものをいくつかピックアップさせていただきました。冷房で冷えないよう軽い羽織もございますので、ぜひご覧ください」

(え？　もしかして、私の服……？)

ようやく彗がここに来た目的を悟ると、羽海は隣を見る。

「バッグは突き返されたからな。羽海の好みを探りながらリベンジしようと思ったんだ」

不敵に笑う彼に呆気にとられる。

リベンジというからには、これから選ぶ服をプレゼントしてくれる気なのだろう。

「あ、あれは御剣先生が家事の対価なんて言うから」

「ブランドのロゴが入った袋を見て、喜ぶどころか迷惑そうに飛び退いた女は初めてだ」

「……すみません。でもあんな大きさのものをポンと渡されたら引きますよ。それに、私には宝の持ち腐れですし」

「それを言えば、俺が持ってる方がその状態なんだがな。まぁいい。好きなものや好みの系統を知りたいと思って連れてきたんだ」

どうやら本気でここで買い物をする気らしい。

羽海は困惑気味に尋ねた。

「あの……この格好じゃ水族館に相応しくなかったですか？」

彗から言われた〝デート〟という言葉に囚われて、昨夜からなにを着ていくべきか頭から煙が出るほど悩んでいた。

手持ちの服も多いわけじゃなく、流行に敏感でもない羽海は、結局無難にシンプルな紺色のワンピースを選び、足元はベージュカラーの低いヒールのパンプスを合わせている。

彗は白いトップスに黒の細身のパンツ、七分袖の薄手のジャケットを羽織っていて、捲った袖口から水色のストライプの裏地が見えているのがおしゃれに感じた。

(どうしよう。隣を歩くのもはずかしい格好って思われたのかな)

不安な面持ちで見つめると、彗が呆れたようにため息をついた。

「そんなわけないだろ。初めてのデートだって聞いたら、俺がプレゼントした服で羽海を着飾りたくなったんだよ。そのくらいの男心は汲んでくれ」

「それって……」

「……ここまで言わせるなよ」

言うなりガタンと音を立てて立ち上がると「ほら、一緒に選ぶぞ。好みを言わないなら全部俺が見立てるからな」と強引に話を引き取った。

(これは……ダメかも……)

羽海は真っ赤に染まる顔を見られまいと俯いた。

初対面の時はなにも聞かずにコーヒーを注文し、家事をすれば対価としてブランドバッグを与えればいいと考えていた彗が、羽海の好みを知るために連れて来てくれたのだ。

百貨店のハイクラス会員でないと入れない外商サロンでの買い物には驚いたが、それ以上に彗が『一緒に』と言ってくれたことが嬉しい。

ふたりで選んだ服をプレゼントしたいだなんて、まるで自分の色に染めたいと言われている気分だ。

その一連の流れをさらりとこなしたものの、察しの悪い羽海のせいで、耳を赤くして照れている様子の彗が愛おしい。

（こんなのズルい。嬉しすぎるよ……）

どれだけ自分を戒めても、彗に惹かれる気持ちを止められない。

「羽海？」

「な、なんでもないです」

どう取り繕えばいいかもわからないまま、彗とふたりで服を選ぶ。

これまでなら「もらう理由がありません」と断っていただろうが、彗に選んでもらった服でデートをしたいという欲求が勝った。

「これはどうだ？」

「わぁ、可愛いです！　でも私に似合うかは……」

「着てみろ。あとこれも。こっちは？」

「それは丈が短すぎて無理です。膝上はさすがにはずかしい」

「確かに少し短いか。似合うが他の男に見せてやるのは癪だな。じゃあこれはやめて、こっちにするか」

ラックにかけられている服を次々に羽海の身体に当て、首をかしげたり頷いたりしながら真剣に選んでいる彗を見ていると、むずむずして胸の奥が擽ったい。

着替えるように指示されて、スタッフの女性とともに部屋の奥にあるフィッティングルームへ向かう。

白地に金の刺繍が入った厚手のカーテンで区切られた空間には、大きな全身鏡とドレッサーがあり、ここだけでもかなり広い。

袖を通したのは、一番初めに彗が選んでくれた黒いノースリーブのブラウス。

首周りが繊細なレースになっていて、袖にも小さなフリルがあしらわれているが、色が黒なので甘くなりすぎない。

合わせた白いフレアスカートは、ウエストがタイトな作りだが、裾に向かってふんわりと広がる綺麗なシルエットが特徴で、ブラウスをインして着ると随分スタイルがよく見える。

足元はストラップ付きのサンダルを履き、差し色に鮮やかなグリーンのカーディガンを肩からかけた。

（いくらするんだろうって考えるのは野暮だけど、こんなコーディネート一式買ってもらっていいのかな）

着替えたものの戸惑う羽海をよそに、スタッフの女性が「ヘアメイクも少しだけ失礼しますね」と下ろしていた髪の毛先を軽く巻き、トップを編み込んで緩いハーフアップに仕上げる。

さらに目元とリップの色味を黒のトップスに合うように変えてもらうと、まるで別人のように垢抜けた羽海が鏡に映った。

（すごい、なんだか私じゃないみたい。これなら御剣先生の隣を歩いても許される……かな？）

おそるおそるフィッティングルームから出て彗の元へ戻ると、ソファで紅茶を飲んでいた彼と目が合う。

いつの間にか彼の向かいに黒服の女性がもうひとりいたが、羽海についてくれていたスタッフと目配せし、「後ほどお伺いいたします」と部屋を出ていった。

その間、瞬きもせずにじっと見つめられ、居心地の悪さに顔を背けたくなる。

「先生?」

「……悪い。あまりに印象が変わったから驚いた」

「変、ですか?」

「自分で鏡を見ただろう。似合ってるし……綺麗だ」

率直な褒め言葉に慣れず頬を赤らめていると、ソファから腰を上げた彗がゆっくりと目の前に立ち、羽海の左手をそっと取った。

薬指にするりとはめられた冷たい感触に目を瞬かせる。

「え……?」

「羽海が支度してる間に見せてもらった」

左手を目の高さまで持ち上げると、水平にしていないと落ちてしまうのではと思うほど大きなダイヤモンドのついた指輪が輝いていた。

きらめく涙のようなしずく型のペアシェイプカットはダイヤモンドを大きく鮮明に見せ、少し動かすだけでも光を放つようにきらめく。

「気に入らないなら他のものを見せてもらおう」

「そ、そうじゃなくて。これって、婚約指輪というやつじゃ……」

「それ以外なにに見えるんだ」

可笑しそうに笑う彗の意地の悪いセリフに反論する余裕がないほど、羽海の鼓動は激しく高鳴っている。

最近では『結婚に頷け』と言われるのに対し、動揺を隠して軽くあしらうのが定着しつつあった。

しかしこの指輪を見れば、決して冗談ではないのだと思わせられる。

（先生は、本当に私と結婚する気なの？）

恐ろしく豪華な指輪に固まっている羽海の左手を彗が握りしめた。

「もう逃がさない。お前は俺と結婚するんだ」

彼はそのまま手を引くと、おもむろに手の甲に口づける。

真っすぐに見つめる眼差しが、言葉よりも雄弁に彼の心を伝えている気がした。

その後、近くの水族館に行くのかと思いきや、一時間ほど車を走らせて隣県の複合型海洋レジャー施設へとやってきた。

水族館だけでなく、遊園地やショッピングモールも併設されており、一日かけて楽しめる人気のデートスポットだ。

こちらも事前に予約していたらしく、入館料はすでに決済されていて、彗がスマホのバーコードリーダーを翳して中に入った。

「なにからなにまで、すみません」

「どうして謝るんだ。俺が誘ったんだから当然だろ」

「だって、てっきり近くの水族館に行くと思って……」

熱帯魚やペンギンなどを見て癒されればいいと思って水族館を提案したが、これでは逆に疲れさせてしまうのではないか。

申し訳なさそうに眉を下げた羽海の頭に手をぽんとのせ、彗は「一、二時間運転したくらいで疲れてたら、外科医なんてやってられない」と呆れ顔で笑った。

「それに、謝らせたくてしてるわけじゃない」

彗の言葉で、こういう時は謝るよりも礼を伝えるべきだと思い直す。

「ありがとうございます。楽しみです」

(先生がそう言ってくれるなら、気にしないで一緒に楽しもう。水族館なんて久しぶりだし)

気持ちを切り替えてワクワクしながらパンフレットを見ていると、彗の長い指がついっと摘んで取り上げてしまう。

「あっ！」

「ほら、行くぞ。なにから見たい？　イルカか？」

「え？　そこに書いてある順路通りに行くんじゃないんですか？」

「真面目だな。遠足じゃあるまいし、好きなものから見ればいい」

なるほど、と妙に納得する。

水族館側は展示してあるものを効率的に見られるようにと順路を書いてくれてはいるが、それに則って行動しなくてはいけないわけではない。

ルールや規則が提示されると、無意識にそこから逸脱するのを避ける傾向にある羽海にとって、彗の提案は目から鱗だった。

（そっか。好きな順番で見ていいんだ。当たり前なのに、全然思いつかなかった）

今まで彗と考え方が合わないことをネガティブに捉えていたけれど、そうではない。

些細なことでも、彼の意見が羽海にとっていい影響を及ぼす時だってある。

正反対の彗と一緒にいると、自分の中の常識が崩れて価値観が広がり、穏やかで平凡だった羽海の人生に強烈なスパイスとなっている気がした。

彼を見上げ、高揚する気分を隠さずに笑顔を向ける。

「ペンギンが見たいです」

「よし、行こう」

大きな彗の左手が、羽海の右手をきゅっと握る。

「人が多い。はぐれるなよ」

触れた指先の体温にドクンと鼓動が跳ねた。

真っ赤になって繋がれた手を凝視していると、彗はそのまま歩き始める。

（これ、本当にデートみたい……）

一度は身体を重ねたこともあるのに、手を繋ぐだけで心臓がばくばくと騒がしい。

髪から覗く彼の耳が赤く感じるのが気のせいじゃなければいい。

そんな思いで、羽海はぎゅっと手を握り返した。

可愛らしいペンギンを堪能した後は、館内にあるレストランでランチを取り、水族館の一番の見所である巨大なドーム型の水槽へ向かった。

水槽の上部から自然の光が降り注ぎ、まるで海底を散策しているように魚やイルカを見ることができる。

有名なレジャースポットだけあってカップルや家族連れなど多くの人で賑わってい

るが、どこにいても彗は人の目を惹くらしく、隣にいる羽海まで注目されて落ち着かない。

（水槽そっちのけで先生に見惚れてる女の子もいるし、男性までこっちを見てる気がする。こんなに注目されててもまったく気にする素振りがないなんて、さすがというか、慣れてるというか……。私、そんな人から本気のプロポーズをされたんだ……）

羽海は午前中の百貨店での出来事を思い返す。

ふたりで服を選び、綺麗だと褒めてもらった。重さに指が震えるほど豪華な指輪を贈られ、手の甲に口づけを受けた。

彗が真剣だと感じたからこそ、いつものようにあしらうのではなく、羽海も誠実に考えなくてはならない。

確かに彼に惹かれているし、心臓が壊れそうなほど鼓動が速いリズムを刻んでいる。

（だって、あんなに豪華なサロンで綺麗に変身させてもらったら、誰だってドキドキしちゃうよ）

あまりの非日常ぶりに、すぐに返事ができなかった。現実味がないような、ふわふわとした気分で、今も周囲の視線も相まって落ち着かない。

すると、羽海の手をくいっと二回引き、彗が顔を寄せてきた。

「あれ、羽海にそっくり」

大きな声を出せない場所なので自然と顔が近くなる。

頬に感じる彗の吐息が擽ったくて、きゅっと肩が強張った。

「ど、どれですか?」

「あのエイ」

にへっと笑っているように見えるエイの裏側を彗が指差すと、羽海の肩から力が抜けた。

「全然似てませんっ。それに、あれ顔じゃないですよ」

「知ってる。でも可愛いだろ」

「……先生にも可愛いって思う感情があるんですね」

「俺をなんだと思ってるんだ。可愛いもんは可愛いだろ。さっきペンギン見てた時とか、俺が料理を褒めた時も、あんな顔してる」

クスッと笑われ、焦りと羞恥で鼓動が高まる。

(うそ。私、あんなへにゃって顔して笑ってた?)

ペンギンを見ていた時はあまりの可愛さに頬が緩んでいた自覚はあるが、彗が食事中に『美味い』と呟くのが聞こえた時はポーカーフェイスを装っていたはずだ。

それがまさか、嬉しさが隠しきれずに顔に出てしまっていたのを見られていたなんて、はずかしいことこの上ない。

自分の失態を隠すように、からかい口調で彗の顔を覗き込み、話題を逸らそうと試みる。

「それ、私を可愛いって思ってるように聞こえますよ？」

すると、意外なほどあっさりと返された。

「可愛いと思ってるけど？」

「ひぇっ……？」

照れるでもなく普通に返事をされてしまい、言葉に詰まって変な声が出た。

（え、今、可愛いと思ってるって言った？　私を？）

自分が仕掛けた攻撃をあっさり躱されただけでなく、倍以上の威力で返り討ちにされた気分だ。

普段の態度から素直に『可愛い』などと口にしなそうだからこそ、そのギャップに驚き、自分に向けられた『可愛い』に胸がギュッと痛いほど高鳴った。

「なに、聞こえなかった？　もう一回言ってやろうか？」

「きっ聞こえた！　聞こえました！　もういいです！」

これ以上『可愛い』攻撃を受けたら、本当に心臓が壊れてしまいそうだ。必死に両手を胸の前でブンブン振ると、彗が可笑しそうに笑った。

「遠慮するなよ」

「してません！」

明らかにからかわれているのに、それでもドキドキして彗から目が離せない。

水族館の薄暗がりの中、彼が身を屈めて羽海の耳元で囁いた。

「俺が選んだ服で着飾った羽海は、最高に可愛い」

甘い声音が鼓膜を震わせ、耳朶から首筋がカッと熱を持つ。咄嗟になんの反応もできず、ただただ固まってしまった。

「これくらいで固まるなよ。……余計煽られるだろ」

真っ赤になった羽海の顔を見て、ぼそりと彗が呟いた。後半はよく聞こえなかったが、固まってしまったのは彼のせいなので反論しておく。

「きゅ、急に先生が変なこと言うから」

「本当のことしか言ってない。それに、デート中だというのに周りに気を取られているのも面白くない」

周りの視線を集めているせいで落ち着かないのを見抜いていた彗が、眉間に皺を寄せてじろりと睨む。

「すみません、周りの視線が気になって。先生は慣れていそうですけど、私までじろじろ見られている気がして」

「男どもが羽海に見惚れてるんだろ」

「なに言ってるんですか。先生を見てるんですよ」

「女はそうでも、男まで俺を見てるわけないだろ。お前は可愛いし、今日は一段と綺麗だ。少しは自覚しろ」

確かに彗にプレゼントされた服を着て、プロにヘアメイクを施してもらった今日の羽海はいつもとは別人だ。

百貨店のサロンでも褒めてくれたが、こうして改めて言われるとその時以上に盛大に照れてしまう。

(先生の言葉を真に受けるわけじゃないけど、少しでも先生の目に綺麗に見えてるのなら、はずかしいけど嬉しい)

すぐに言葉が出ず、感謝の意を込めてぺこりと頭を下げたのだが、彗は了承の合図に捉えたらしい。

「わかればよし。だから手を離すなよ」

彼はフッと笑って、繋いだ手を目線まで上げて見せる。

意外に彗も水族館を楽しんでいるようで、いつもよりも素の笑顔が多い。

（あぁ、私、この人が好き）

自分の感情がストンと胸に落ちた。

これまで惹かれまいと必死に自分を押し殺していたというのに、自分と一緒にいる彗が楽しそうに笑う姿を見て、いとも簡単に恋心を自覚してしまった。

実際には、もっと以前から彼に恋をしていたのだ。

自分の仕事をなくてはならないと認めてくれたあの頃から、ずっと意識し続けていた。

ゆらゆらと揺らめく神秘的な空間は、そこにいるだけで心が凪いでリラックスし、時計の針がいつもよりゆっくりと動いている気がする。

羽海は今度こそ了承の合図として、笑顔で大きく頷いた。

その後、コツメカワウソのもぐもぐタイムが始まるというアナウンスを聞き、ふれあい広場へ向かった。

可愛らしい見た目に反するワイルドな食事シーンで、思わず顔を見合わせて笑い合う。

「すごいガツガツ食ってるな」

「ふふ、本当ですね。なんか御剣先生っぽい」

「は？　どのへんが？」

「よそ見しないで食事してるところ。気持ちいい食べっぷりです」

かぼちゃ以外はなにを出しても美味しそうに食べてくれる。

貴美子以外に料理を振る舞ったことがない羽海にとって、彼が食事している姿を見ている時間はとても幸せで心が温かくなった。

「……以前言っていたな。食事を残さず食べるだけで十分だと」

彼の小さな呟きが聞き取れず、隣を見上げて視線で問いかけたが、彗は肩をすくめて首を振るだけで答えない。

「そろそろ行くか。土産も見るんだろ？」

「はい」

時間をかけて水族館を上から下まで満喫し、土産屋でコツメカワウソのぬいぐるみを買い終えると、あっという間に日没の時刻となった。

水族館を出ると、目の前に広がる海の水面に西日が反射してキラキラ光っており、羽海は眩しさに目を細める。

「わぁ、綺麗ですね」

施設と駐車場を結ぶ橋の上から辺り一帯を見渡す。夏の空は水色とオレンジ色のコントラストになっていて、周囲を赤く染めていた。

ふたりと同じように帰ろうと駐車場へ向かう人と、夜の水族館を楽しみに来た人で混雑しているため、彗はここでも館内同様に周囲の視線を集めている。

彼に目を向けると、逆光で表情は見えにくいが、光が彼の輪郭を縁取っていて神々しい。

(男性だけど、美しいって言葉がピッタリ。これは夕日とか海よりも先生を見ちゃうよね)

周りの女性客と同様に羽海も見惚れていると、彗がじっとこちらを見つめ返しているのに気が付いた。

「ああ、綺麗だ」

そう言って、羽海の手を引いて歩いていた彗が急に立ち止まった。

「御剣先生?」

自然と羽海の足も止まり、疑問に思い呼びかけると、振り返った彼が真剣な眼差しで口を開いた。

「俺は気が長い方じゃないんだ」

一体なにを言い出すのかと首をかしげる。

「プロポーズの返事を聞いてない」

午前中に百貨店で豪華な婚約指輪を試着したが、羽海の指にサイズが合わなかったため、直しに二週間ほどかかるとスタッフに説明された。

婚約どころか交際もしていないのに、軽く高級外車くらいは購入できそうな価格の指輪をもらうなんてとんでもない。

スタッフに気付かれぬよう必死の形相で首を振ったのに、彗が『この指輪が羽海の指にぴったりのサイズになるまでに、プロポーズに頷く準備をしておけ』としたり顔で笑ったのは、ほんの数時間前の話だ。

「……指輪のサイズ直しが終わるまでが期限じゃなかったですか？」

それすら羽海は了承していないのだが。

「気が変わった。今すぐ聞きたい」

「横暴ですよ」

「今さらだな。これだけ人がいる中で、羽海だけが綺麗に見える。早く俺のものにしてみるとわかったことがある。

先程の『綺麗だ』という言葉は、景色じゃなく羽海に言っていたらしい。

それに気付いた羽海が夕日以上に頬を赤く染めると、いたずらな笑みを浮かべた彗が続けて口を開く。

「羽海だって、まんざらでもないだろ」

「な……なんでそんな自信満々に」

「こうして手を繋いでデートしてるのがなによりの証拠だろ。羽海の性格上、絶対に嫌なら断るはずだ」

図星を突かれ、言葉に詰まる。手を引こうとしたが、強く握られてそれも叶わない。

彗自身を知りたくてデートの誘いに頷き今日一日を一緒に過ごしたが、ずっとドキドキしっぱなしで、でもふたりでいるのが楽しくて、彼に惹かれている自分を改めて認識することとなった。

考え方の違いも、視点を変えればプラスに働く。時に反発し合いながらも、彗となら楽しく暮らしていけそうな気さえしている。

（いつの間にか、どんどん先生を好きになってる。でも……）

「結婚しよう、羽海」

「どうして私なんですか？　先生の周りには他にも綺麗な女性はたくさんいるでしょう？」

彗ほどモテる男性なら、どんな女性でもよりどりみどりに違いないのに、なぜ自分を選ぶのかわからない。

「羽海がいい。欲がなくて、媚びなくて、俺にぽんぽん言い返す気の強さも、患者に寄り添って涙する優しさも、全部……」

繋いでいる手をグッと引っ張られた。

「わっ……！」

目の前の彗の胸にすっぽりと収まり、片腕で抱きしめられた。

こうして彼の体温に包まれるのはあの夜以来で、心臓が大きく波打つ。

「結婚するなら、羽海以外考えられない」

「知り合って、まだ一カ月ですよ？」

交際ならともかく、結婚だなんて性急すぎではないだろうか。

「期間は問題じゃない。これまでどんな女性と知り合っても、結婚したいと思える相手はいなかった。それに、もたもたして他の男に取られるなんて絶対に御免だ」

「い、いませんよ、他の男なんて」

「自覚しろって言っただろ。これまでは周りの男どもが節穴だっただけだ。羽海と一緒に過ごせば、誰だってお前に落ちる」

腕の中で聞く彗の声は低音で、耳から脳に直接響いてくるように甘い。思わせぶりで期待したくなる言い回しに、羽海の鼓動はこれ以上ないほど速く激しくなっていく。

「先生は……？」

「こうして柄にもなく必死で口説いてるんだから、わかるだろ。いい加減、お前も俺に落ちろ」

不貞腐れた言い方だが、それでも羽海の心はキュンと甘く鳴いた。

すぐにでも頷きそうになる自分を戒め、羽海はずっと引っかかっていたことを確認するべきだと、彗の胸を押して距離を取る。

(これを聞かないと、先生のプロポーズには応えられない)

腕の中から抜け出るのにムッとした表情をした彗を愛おしく感じながらも、羽海は真剣な眼差しで彼を見上げた。

「以前、先生が出した結婚の条件を覚えていますか？」

「あ、あぁ、あれは――」

「祖母は決められた縁談を拒み、祖父と駆け落ち同然で結婚しました。私はそんなふたりの馴れ初めに憧れていて、恋愛抜きの結婚をする気はありません。初対面で言っていた条件が譲れないのであれば、私はあなたと結婚できません」

一息で言い切ると、ハッと息を吐いた。

自分の『結婚できません』という言葉に、ぎゅっと胸が締めつけられる。

じわりと浮かんだ涙に目を瞠った彗が、「違う」と慌てた様子で羽海の両肩に手を置いた。

「あの時は結婚に意義を見出せてなかった。立場上、結婚しないわけにいかず、相手は誰でもいいとすら思ってた。でも、今は違う」

「先生……」

「羽海がいい。羽海以外はいらない。……好きだ」

真剣な顔で姿勢を正し、真っすぐに羽海に向き合う。

「羽海が好きだ。人生で初めて、女を愛しいと思った。だから……俺と結婚してくれ」

俺様と噂される彗が、いつものような上から目線のプロポーズではなく、気持ちを告白し、請い願うように求婚している。その姿が胸に迫り、喜びに心が大きく震えた。

羽海は零れ落ちそうになる涙を必死に堪え、口元を両手で覆ったまま話の続きに耳を傾けた。

「俺は医者で、こういう休日さえいつ呼び出されるかわからない。きっと、場合によっては羽海よりも仕事を優先する時もある。正直、寂しい思いをさせないとは言えない」

整ったパーフェクトな容貌を持つ彗ならば、女性に愛を語るなんて慣れていそうなのに、甘い言葉ではなく不器用なほど嘘偽りない事実を告げてくる。

たしかに病院で呼び出されている場面に出くわしたこともあるし、初めて結ばれた日の翌朝も隣にいなかった。

けれど、彼はいつだって真剣に医師という仕事に向き合い、ひたむきに努力している。

だからこそプライベートよりも仕事を優先する場合があることに納得できるし、その真摯な姿勢こそ羽海が彗を尊敬し、心惹かれる要因だった。

「でもそばにいられる時はお前のことだけを見る。寂しい思いをさせた分、甘やかしてやる。これから先、俺はそうやって羽海と一緒にいたい」

そんな彼から求められれば、嬉しさで胸がいっぱいで、なにも言葉が出てこない。

魔法にかけられ、舞踏会で王子様に見初められたシンデレラもこんな気持ちだったのだろうか。

堪えきれずに零れた嬉し涙を彗の指が拭う。

「頼む。羽海は俺の気持ちに頷くだけでいい」

心の底から愛を告げているように見える彗の姿に胸を打たれ、切望されるまま、ゆっくりと首を縦に振る。

羽海は誤魔化しようがないほど、彗に恋をしていた。

6. 命のきらめきと試練

八月も中旬となり、連日体温よりも高い気温の日が続いている。

病院内は涼しいものの、通勤中は汗で前髪が貼りつくほど暑く、ここ最近は体調が思わしくない。

(この一カ月は色々ありすぎて、そりゃあ夏バテにもなるよね)

祖母の入院をきっかけに彗に出会い、反発しながら惹かれ合って、驚くほどのスピードで彼の婚約者となった。

怒涛の展開に戸惑ってはいるものの、求婚に頷いたことに後悔はない。

些か性急ではあるものの、根底には彗への気持ちがあるのだ。

プロポーズを受け入れて二週間が経ったが、彼は相変わらず忙しい。

新たに入院してきた難病を患う男性患者の手術の目処を立てるため、循環器内科と合同でチームを立ち上げ議論を交わしているらしく、帰宅して食事を終えると寝る直前まで勉強している。

それに加え、夏場は熱中症から心筋梗塞を引き起こす高齢者が多く、オンコールで病院へ呼ばれる回数も増えていた。

水族館以来デートはしていないし、サイズ直しを頼んでいた指輪も受け取りに行けていない。

あまりの激務に心配になるが、羽海にできることといえば家の中を快適に整え、栄養のある美味しい料理を作るくらいだ。

羽海はいまだに慣れないマンションのエントランスを抜け、誰もいない玄関で「ただいま」と呟き靴を脱ぐと、すぐにキッチンへ向かい料理を始める。

今日は彗が早く帰れるかもしれないと言っていたため、腕によりをかけて、いつもより豪華な夕食を作る予定だ。

まずは炊き込みご飯をセットし、ほうれん草と人参の白和えに取りかかる。以前彗に出した時に好評だったので、へビロテレシピとなっている。

次に包丁でたたいてミンチ状にした海老と椎茸の軸のみじん切りを混ぜて味付けし、椎茸の傘の部分に詰め、片栗粉をまぶしてから油で揚げる。

その間に牛肉ステーキ用の醤油と玉ねぎベースのソースを作った。

（ステーキは先生が帰ってきてから焼けばいいし、明日お休みならお酒も飲むかな。簡単なおつまみがあるといいかも）

夏が旬のししとうを豚バラで巻き、塩コショウをしてからカリッと色がつくまで焼く。

ペンギンやマンボウなど、可愛い海の動物のピックを刺し、食べやすく盛りつけていった。

ちょうどいいタイミングで玄関が開く音が聞こえ、パタパタとスリッパの音を立てながら出迎える。

「おかえりなさい」

「ただいま」

「よかった。今日は本当に早く帰れたんですね」

時計を見ると午後七時。ここ最近の彗を思えば、かなり早い帰宅だ。

「あぁ。ここ最近泊まり込みが続いたから。さすがに帰らないと、婚約早々愛想を尽かされるのはまずいしな」

まるで『まずい』とは思っていない顔で笑うと、エプロン姿の羽海を抱き寄せる。

「わっ」

「いいな、こうやって出迎えてもらうの。病院で見かけても羽海は話しかけるなと言うし、そのくせいつも誰かと話してるし。帰ってくると俺のものだって実感できる」

「お、俺のものって……」

「違わないだろ。疲れた。充電させろ」

ぎゅうっとたっぷり十秒ほど力強く抱きしめてから、「着替えてくる」と自室へ向かう彗の背中を見送り、羽海は熱くなった頬に両手を当てた。

（相変わらず俺様なのに、やたら甘くて困る）

忙しくて時間がなかなか取れないのを補うように、隙あらばスキンシップを図る彗にドキドキさせられっぱなしだ。

プロポーズの時に言われた通り、ふたりきりの時はストレートに愛情を表現してくれる。

同居間もない頃からは考えられないほど甘やかされていて、これが婚約者の距離感なのかと恋愛初心者の羽海は日々ときめきで溺れそうだ。

顔を手で扇ぎながらキッチンに戻り、ステーキを焼いていく。

その間に炊きあがったご飯をよそおうと炊飯器を開けた途端、醤油の香ばしさと炊きたてのご飯の香りがふわっと羽海を包み込む。

普段ならば大きく息を吸って堪能するくらい好きな匂いだが、突然胃から迫り上がってくる不快な吐き気に、咄嗟に口を覆って蹲った。

（う……気持ち悪い……っ）

喉がきゅっと絞られるような感覚と、胃が裏返しになりそうな不快感が付き纏う。

（夏バテって、こんなふうに吐き気がするもの？）

不安になりながら何度か大きく深呼吸をしていると、徐々に落ち着いてきた気がする。

よろめきながら立ち上がっているところに、タイミング悪く彗が戻ってきた。

「羽海、どうした？」

「大丈夫、なんでもないですよ」

「なんでもないわけあるか。こっち向け、顔色がよくないな」

疲れて帰ってきた彗を煩わせたくなかったが、医者相手に体調不良を隠し通せないと思い、素直に話す。

「ちょっと夏バテ気味なのか、気分が悪くなって。でも、もう落ち着きました」

「無理するな。横になるか？」

「大丈夫です。今日は久しぶりに一緒に食べられると思って、張り切って作ったんです。準備するので食べましょう」

プロポーズを受けて以降、時間が合う時は一緒に食卓につくようになった。

　まだ数えるほどではあるが、彗が食べるのを見ていただけの時よりも、さらに幸せで安らげる時間だ。

「わかった。だが、また気分が悪くなったら我慢しないですぐ言ってくれ」

「はい」

　笑顔で頷くと、大きな手が頭にぽんとのせられた。

「手伝う」

「ありがとうございます。じゃあこれ運んでください。お酒飲みますか？　おつまみもありますよ」

「いや、酒はいい」

「え、明日休みなのに？」

「酒を飲む時間があるなら、羽海に触れていたい」

　色気を含んだ眼差しで見つめられ、言葉に詰まる。

　恋愛経験値の低い羽海はいつまで経っても彗の甘い言動に慣れず、毎回心臓が跳ねてしまう。

「心配するな。体調が悪いのに無理に抱こうってわけじゃない。ただ羽海と過ごす時間を持ちたいだけだ」

「心配なんてしてません。私も先生と……もっと触れ合いたい、です」

初めて彗と身体を重ねて以来、〝二度目〟が訪れていない。

デートした日以降、彗が当直で不在の時以外は彼の部屋で眠っており、現在羽海の部屋のベッドには、水族館で買ってもらったカワウソのぬいぐるみが我が物顔で寝転がっている。

毎晩ベッドで羽海を抱きしめて眠る彗の手が素肌に触れる気配はなく、彼の枕元にはいつもタブレットが置かれている。きっと羽海が寝入ってから、横になったまま勉強しているのだろう。

勉強の邪魔になるから自室で寝ると言ったが、彗の「ダメだ。そばにいろ」というひと言が嬉しくて、温かい彼の腕の中で眠る日々。

初めてだった羽海を気遣ってか、彗が忙しすぎるのか、思い当たる理由はいくつかあるが、こういう甘い空気になるたびにどぎまぎするのも二度目がない一因なのではと感じる。

それを打破すべくはずかしさを忍んで言葉にすると、彗がぐっと喉を鳴らして俯いた。

「せっかく作ってくれた料理そっちのけで襲われたくないなら、ここでそんな発言はするな」

「先生」

「そろそろ、それもやめろ。俺は羽海の〝先生〟じゃない」

「……彗、さん」

「うん、それでいい」

再び大きな手が頭を撫でる。

結局、その日の夜も羽海の体調を理由に色っぽい時間を過ごすには至らなかったが、彗は終始優しく気遣ってくれた。

（そろそろ生理だし、それもあって体調がよくないのかな）

翌日、仕事をしながらふと頭をよぎった自分の思考にハッとする。

（待って、今日って何日？　あれ、そろそろっていうか、だいぶ過ぎてるかも……）

毎月きちんとした周期で生理がくるタイプだが、今月は一週間以上遅れていることに気付いた。

（もしかして……）

夏バテのせいかもしれないけれど、心当たりがないわけでもない。

帰りに検査薬を買っていくことも考えたが、今日は彗が休日で家にいる。勘違いだったらはずかしいため、まずは自分ひとりで確認したくて、羽海は御剣総合病院ではなく、少し離れた場所にある産婦人科クリニックに予約を入れた。

「成瀬さん、モニター見えますか？」

体内に棒状のものが挿入され、ぐりぐりと動く感覚に顔をしかめていたが、年配の女医の優しげな声音につられて視線を上げる。

（内診がこんなにもはずかしくて不快なものだなんて初めて知った……）

涙目で見上げた先の画面には白いもやもやが写っていて、黒い枝豆のような形の影がある。その中に、さらに小さな白い豆粒がチカチカと点滅して見えた。

「おめでとうございます。妊娠されていますよ」

「あ……」

「白く光っているのが見えますか？　これが赤ちゃんの心臓です」

儚げに、けれども懸命に主張している光が命のきらめきなのだと心が実感すると、自分のお腹の中に宿った奇跡に胸が締めつけられ、内診の不快さなど飛んでいってしまう。

（赤ちゃん……。私と彗さんの赤ちゃんがきてくれたんだ……）

カーソルを合わせてぐるぐるとわかりやすく示してくれたが、涙でいっぱいになった羽海の目には映らなかった。

「では、お着替えしてから詳しくお話しましょうね」

感極まって呼吸が浅くなった羽海に気付いたのか、殊更優しい声で言われ、慌てて洟《はな》をすすって身支度を整える。

内診室から隣の診察室へ移り、問診票を見ながら説明を受けた。

「今は六週くらいですね。成瀬さんは未婚ですか」

「はい」

「パートナーにはお話できそうですか？」

「えっと……」

彗の顔を思い浮かべ、羽海は一瞬言葉に詰まる。

プロポーズされ、羽海もそれに頷いたが、まだ出会って二カ月も経っていない。

（彗さんは喜んでくれるかな……）

早すぎると思われたらどうしよう。そんな不安が羽海の脳裏をよぎる。

すぐに返答できなかった羽海を見た医師はきゅっと口を引き結び、一拍置いてから話し出した。

「酷なようですが、もしも産まないという選択肢があるのなら、早い段階で決めないと母体にかなり負担が」

「ないです！」

考えるより先に言葉が出た。

「産まない選択肢はないです。私……産みたい」

妊娠の可能性に気付いた時は、喜びよりも戸惑いが大きかった。彗がどう思うか、自分自身がいい母親になれるのか、今でも不安はたくさんある。

けれど、こうしてお腹に赤ちゃんがいるのだと実感した今、小さいながら元気いっぱいに点滅していたエコーを見て、例えようがない気持ちが溢れてきた。

愛おしくて、守りたい。とても大事で大切な宝物をもらったような、ふわふわした気分だ。

「この子に、会いたい」

噛み締めるように呟き、母になる覚悟を決めた。自分でも驚くほど潔く、けれど心にしっかりと根付いた覚悟だ。

（この子にとっていい母親になる。守ってみせる。だからゆっくり大きくなって、無事に生まれてきて）

両手で腹部を包むようにして、心の中で我が子に語りかけた。

すると、そんな羽海の様子を見ていた医師が穏やかな微笑みを向けてくれる。

「わかりました。ではお母さん、これから頑張りましょう」

「はい」

その後、エコー写真と母子手帳などを貰うための書類などを受け取り、クリニックをあとにした。


妊娠発覚から二日後。仕事を終えて貴美子の病室へ寄ると、退院の日取りが来週の土曜日に決まったと知らされた。

「おばあちゃんがリハビリを頑張った成果だよ。よかったね」

「そうねぇ。ずっと茂雄さんひとりにしちゃって、きっと寂しがってるわね」

貴美子は毎日仏壇の前に座り、茂雄の写真を見ながらその日あったことを報告するのが日課で、入院するまでは一日も欠かしたことがないのだという。

「そうだね。おじいちゃんも待ってるし、私もちょうど土曜日は休みなの。迎えに来るから一緒に帰ろう」

嬉しそうに微笑む貴美子にすぐにでも妊娠の報告をしようと思ったが、やはり一番最初に伝えるのは彗がいいと思い、まだ話していない。

彼はタイミング悪く当直と緊急手術が重なり、この二日間は病院に泊まり込んでいる。

羽海のつわりは比較的軽い方らしく、強い匂いを感じたり急に立ち上がるようなことをしたりしなければ、今のところ仕事をするのに不都合はない。

それでもいずれお腹が大きくなれば現場で働くのは難しくなるし、きちんと報告して産休や育休についても確認しておかなくては会社に迷惑をかけてしまう。

(今日は帰ってこられるかな？　妊娠したって伝えたらどんな反応するだろう。彗さん、とても子供好きには見えないけど、小児科の子供たちには優しい顔してたなぁ)

九階の小児科病棟の清掃を担当していた今日、先天性の心疾患のある子供の病室へ彗が来ていた。

小さな身体で病気と闘っている子供たちに対し、膝を曲げて視線を合わせ、にこやかではないものの穏やかな表情で接しているのを見かけ、羽海は無意識にお腹に手を当てた。

(この子の存在も、あんなふうに穏やかな顔で受け止めてくれたらいいな)

結婚を決めたとはいえ、まだ入籍前なのに妊娠したと告げたら、彗だけでなく貴美子や多恵はどう思うのか。

（そういえば、結婚の報告もまだおばあちゃんにしてないや。もうその前から病院内の噂を鵜呑みにしてたから今さらだって思われそうけど、ちゃんとしなきゃ）

多恵は彗から聞いているのだろうか。

できれば結婚と妊娠の報告は、彗とふたり揃って祖母たちに伝えたい。

（順番が違うと呆れられるかな？　ううん、きっと喜んでくれるはず。そもそもおばあちゃんたちが言い出した縁談なんだから）

そんなことを考えながら病院の正面玄関を出たところで、突然後ろから声を掛けられた。

「あんたが成瀬羽海？」

不躾な問いかけに足を止めて振り返り、ハッと息をのむ。

長身にダークブラウンの癖のない髪質、なにより二重幅の大きな目元が彗とそっくりな男性が目の前に立っていた。

気怠げで姿勢が悪いなど、よく見ると所々違うが、眉間に皺を寄せ、不機嫌そうにこちらを睨む目つきは初対面の時の彗を彷彿とさせる。

「うわ、地味。しかも清掃員ってダサ。作業着姿なんか見たら絶対萎えるから、着てる時に俺の前に来んなよ」

頭から爪先までじろじろ見た上で言ってのける目の前の男は、失礼な言葉を次々と投げつけてくる。

（彗さんに似てるけど、誰？　どうして私を知ってるの？）

あからさまな悪口にムッとするよりも、あまりに彗と似た人物への疑問が先に立つ。

「次は俺の番。まったく俺の好みじゃないけど、仕方ないから少し相手してやるよ」

「あの、どちら様ですか？　どうして私を知ってるんですか？」

「はぁ？　この病院に勤めてて俺を知らないって」

大きくため息をついた男が、面倒くさそうに髪を掻き上げた。

「御剣隼人。この病院の院長の息子」

「え？　じゃあ、彗さんの……」

「彗は双子の弟」

（双子！　なるほど、雰囲気は違うけど目元とか顔立ちはよく似てる）

そっくりな見た目に納得したものの、なぜ隼人が羽海を知っているのかの疑問は解けていない。

「彗さんのお兄さんが、私になにか用でしょうか？」

「言っただろ、次は俺の番だって。ばあさんが決めた相手、つまりあんたを落とした方が親父の次の理事長になるんだ。今、あんたは彗と一緒に住んでんだろ？ フェアじゃないし、そろそろ交代だ」

隼人の言葉の意味がわからず、身体がぴしりと固まる。

羽海の反応などお構いなしに隼人は話し続けた。

「どうせこの病院は医者のアイツが院長の座を継ぐんだろ？ 俺が長男なんだから、まどろっこしいことしないで財団は俺にくれればいいものを、彗が婚約して理事に就任するって聞いたからさ。ばあさんの戯言じゃねぇんだって思って、あんたのことか色々調べたわけ」

「多恵さんの戯言って……」

「去年の春、ばあさんから言われたんだよ。いい加減将来を考えろって。どうせ跡継ぎがフラフラしてんのが体裁悪いからって三十あたりで見合いでもさせられんのかと思ってたら、案の定彗にあんたをあてがった」

話が悪い方へと向かっていくのをただ呆然と聞くしかできず、羽海は小さく震える指先を反対の手でぎゅっと握った。

「俺には『いずれ財団を継ぎたい気持ちがあるのなら、もっと真剣に利用者のことを考えて仕事しなさい』なんて言っておきながら音沙汰なし。彗はばあさんが決めた相手と結婚すりゃ財団の理事就任ってさ。長男の俺を差し置いておかしな話だろ？　あんたがどうやって取り入ったのか知らないけど、女帝の寵愛を受けてるあんたと結婚すれば理事になれるってんなら、俺にだってその権利はあるはずだ」

「私と結婚すれば理事に……？」

そんな話は聞いたことがない。

支離滅裂に聞こえる話に首を捻ると、隼人がバカにしたように笑った。

「もしかして知らなかったの？　え、じゃあなに？　なんの得もないのにこの病院の後継者が自分に惚れて婚約したって思ってたわけ？　おめでたすぎじゃねぇ？」

まだすべてを理解できないままの羽海を、隼人が容赦なく追いつめる。

「あんたみたいな地味で色気のない女相手に、彗が本気で結婚するわけないだろ。どうせ、アイツはばあさんが気に入った相手と結婚すれば財団が手に入るって踏んだんだろうけど、そうはさせるかよ」

隼人の言葉が頭の中をぐるぐると回り、混乱しすぎて目眩がする。

（どうしよう、気持ち悪くなってきた……）

一気に膨大な量の情報が入ってきて、真偽を判定する間もない。

胃が変なふうに捻れたような不快感が込み上げ、羽海は俯いて口元を手で覆った。

それが泣き出しそうな仕草に見えたのか、先程までは不機嫌そうな態度を崩さなかった隼人は羽海を見て態度を急変させ、楽しくて仕方がなさそうな声音で言った。

「本気で彗に惚れてたの？　あーあ、可哀想。俺にしときなよ」

ニタニタ笑いながら近付いてきた隼人に無遠慮に肩を抱かれ、咄嗟に振り払うように腕を回した。

「やめてくださいっ」

その反動で肩からかけていたバッグが落ち、中身が散らばる。

「おいおい、そんな嫌がることないだろ。すげぇ不本意だけど、見た目はかなり似てるし？　あんな無愛想で仕事しかしてない奴より俺の方が楽しませてやれるよ？　色々と」

頭上から降る笑いを含んだ声を無視してしゃがみ込み、落ちたものを拾い集めていると、手帳に挟んでいた大事なエコー写真が隼人の足元の向こうまで飛んでしまった。

慌てて立ち上がった羽海が手を伸ばしたが、一瞬早く隼人の指がそれを摘み上げる。

「あっ、返して！」

「これってエコー写真？　あんたの？」

まだ彗にさえ妊娠の報告をしていない。

隼人に答える義理はないと口を引き結んで目を逸らす。

彼は医師ではないが、さすがにこの写真がなにを映し出しているかくらいは理解できたらしい。眉間に皺を寄せ、小さな正方形の感熱紙をじっと見つめている。

「もしかして彗の？　クソ、子供ができれば有利になるって同じこと考えたのか。ふざけんなよ。あんたも大人しそうな顔して、もう孕むほどヤってんじゃねえよ」

チッと舌打ちされるが、隼人はぴたりと動きを止めて考え込む。

「……いや、待てよ。DNAも一緒だし、どっちだってわかんないよな。堕ろしてまた孕ませるより手っ取り早いし」

不穏な呟きが聞こえ、怖くなって逃げ出そうとすると、痛いほどの力で引き寄せられ、強引に唇を奪われた。

「んんっ！」

やめて！と拒絶の言葉を発したつもりが、それより早くぬるりとした舌が腔内を無理やり犯す感触に苛まれ、鳥肌と嫌悪感が湧き上がる。

羽海は体調の悪さも忘れて全身を使って暴れ、目の前の胸を押し返した。

「いやっ！　なっ、なにを……！」

思いきり詰《なじ》ってやりたいところだが、動転から息が荒く、なにも言葉が出てこない。

悔しさと気持ち悪さから、リップが剥げるのも唇が切れるのも構わずゴシゴシ拭う。

「やっぱ、あんた慣れてなさそうだな。もしかして、彗に処女捧げちゃった感じ？

それでもう孕ませるとか、アイツも鬼畜だな」

下品な笑い方をする目の前の男の物言いに羽海が絶句していると、それを見た隼人がニヤリと笑ってエコー写真を羽海の目の前に見せつけてきた。

「あんた相手じゃ勃つか心配だったけど、もう孕んでんなら話は早いわ。これ、どっちの種かわかんないって言っといてよ。熱いキスを交わした仲だし？」

ピラピラと写真を振り、羽海のお腹の中でたしかに生きている命を『これ』と呼び軽んじる隼人を睨みつける。

「そんなでたらめ、言うわけないじゃないですか！」

「でたらめかどうかなんて、わかんないだろ？　俺と彗は一卵性の双子だ。ＤＮＡだってまるっきり一緒。あんたがいくら彗の子供だって主張したところで、俺もあんたを抱いたって言えば、証明する手立てはない」

「そ、そんな……どうして……」

目の前が真っ暗になっていく感覚に抗い、なんとか両足に力を入れて地面を踏みしめる。

「あんたが本気で好きになったって、アイツは打算で結婚すんだよ？　今はどんだけ大事にされてんのか知らないけど、実際はただデカい財団のトップの椅子に座りたいだけ。全部芝居」

体調の悪さに耐えながら対峙する羽海に、隼人は追い打ちをかけるように傷つける言葉を選んで話した。

「そんな中で子供生んで育てるとか耐えられんの？　彗だけじゃない。親父だってばあさんだって仕事が一番大事。誰もあんたを顧みたりしないのに、貞淑さは求められるんだよ。俺らの母親だってそうだった。結局耐えきれなくなって、子供放り出して出てったよ」

鼻で笑いながらも、悲しみと憎しみがないまぜになっているのが表情から見て取れた。

「俺と結婚さえしたら、他の男と遊ぶくらい別に許してやるよ。財団さえ手に入れば、金なんか腐るほど入ってくるんだ。理事なんて金持ち相手に寄付をせがむだけだし、施設で年寄り相手にしてるよりよっぽど楽だ。あんな仕事しか能がない生真面目な男と生活するより、そのくらいの方があんたも楽じゃない？」

すぐに言い返したかったが、突然聞かされた話とキスのショックで、羽海の体調は限界だった。

「考えてみてよ。絶対俺を選んだ方が楽しいよ？」

その場に膝から崩れ落ちるのをすんでのところで堪えていると、隼人はエコー写真を持ったまま勝ち誇った顔をして立ち去ってしまった。

込み上げる嘔吐感をなんとか堪え、這うようにして帰宅した羽海は、そのままリビングのソファへとダイブする。

食事も取らず、隼人から聞かされた言葉の意味を考えていた。

羽海には一族経営の財団の後継問題など、違う次元の話すぎてピンとこないが、実際自分が結婚しようと決めた相手はそういう世界の住人なのだ。

『ばあさんが決めた相手、つまりあんたを落とした方が親父の次の理事長になるんだ』

彼の言うことが本当なら、彗は病院や財団を継ぎたいがゆえに羽海と結婚したいだけで、愛情など欠片もないことになる。

しかし、ここ最近の甘く優しく接してくれる彗を偽りの姿だと思えないし、思いたくない。

初対面の印象は最悪でも、少しずつ距離が近付き、今では心から彼が好きだ。

医師として尊敬できる点はもちろん、清掃員の仕事をなくてはならないものだと言ってくれた誠実さも、職場で理不尽な言いがかりから庇ってくれた優しさも、頑なにかぼちゃを食べない可愛らしいところも、全部に惹かれている。

強引で、壊滅的に考え方が合わないと思っていたけれど、羽海にはない考え方をする彗といるのは不思議と苦じゃなく、くだらない言い合いすら楽しいと感じていた。

それに、お腹にいるのは間違いなく彗の子だ。それを偽るなんて絶対にしたくないし、エコーで見た命のきらめきを軽んじるような発言をする人間に屈したくはない。

(初対面の隼人さんの言葉を真に受けて悩むなんてバカげてる。ちゃんと彗さんに聞いて、否定してもらえばいい)

隼人は多恵が選んだ相手と結婚すれば財団の理事になれると思っているようだが、彼自身も言っていたように、多恵が羽海に紹介したのは彗のみ。

多恵が〝女性を落としたほうが次の理事〟なんてゲーム感覚で後継者を決めるとは思えないし、隼人が自分に都合よく捉えているのだろう。

(私と結婚したら理事に就任できるっていう方程式なんて成り立たない。私はただの一般人で、財団の利益になるものなんてなにもないんだから)

とはいえ、やはりどうして自分なのかと疑問ではあった。

実際に出会いは多恵からの紹介であり、たった一カ月しか経っていないにもかかわらず、交際ではなくプロポーズを申し込むのも結婚を急いでいる感じがする。

あれほどまで整った容姿で、家柄や医師としての才覚に恵まれているのなら、いくら祖母に紹介されたとはいえ、わざわざ平凡を絵に描いたような羽海を選ばずともいいはずだ。

病院内で早々に羽海を婚約者だと言いふらしたり、衆人環視の中でわざとらしく愛の言葉を囁いてみたり、わざわざ外堀を埋めるような言動は普段の彗からしたら不自然だし、そうまでして女性に執着するタイプにも見えない。

欲がなく、媚びないところがいいと言ってくれたけど、そんな女性は山のようにいる。

だとすれば、やはりなにか羽海との結婚を急がなくてはならない理由があるのだ。

(財団を継ぐのに、私と結婚しなくちゃいけなかった……？)

考えれば考えるほど、隼人の言うことが本当な気がしてきてしまう。

(今思えば、家柄どころか見た目もやっぱり釣り合わないし、出会って一カ月で結婚を決めるなんてあり得ないよね)

胸の奥にずっとあった不安な気持ちを他人に無遠慮に煽り立てられれば、卑屈な思いが染みのように黒く滲んで広がっていく。

そもそも彗が財団を継ぎたいと思っているのかも、多恵の意向もわからない。

隼人の話しぶりだと彼自身は医師ではなく、病院を継ぐのは彗だと渋々ながら認めているようだ。

財団本体は長男の自分が継ぐべきだと考えていたのに、彗が多恵に紹介された女性、つまり羽海と結婚することで、財団を継ぐのも彗になるのではと懸念しているのだろう。

隼人の『財団さえ手に入れば、金なんか腐るほど入ってくるんだ』という口振りからして、彼が跡を継ぎたいと名乗りを上げている理由が、病院や施設の利用者のためでないのは明白だ。

きっと多恵もそれをわかっているからこそ、彗に理事長の座を継いでほしいと思っているのではないか。

(彗さんと多恵さんは、彗さんの理事の座を確実にするために必要な肩書を探していた。それはきっと、跡継ぎを望める結婚……)

彗と年頃が合い、貞淑そうな女性を探していた時、多恵の近くにいたのがたまたま羽海だった。それならば、彼女が彗に羽海を勧めた理由も、彗が結婚を急ぐ理由にも納得できる。

（どうしよう、本当に私と結婚するのは財団を継ぐためだったら……）

早とちりはよくない。あれこれ考えず、ただ彗に聞けばいい。

どれだけ頭でそう思っても、どうしてもよくない考えが消えてくれない。

羽海は嫌な想像を振り払うようにぎゅっと目を閉じて頭を振った。

のろのろと起き上がり、ソファの脇に置いていたバッグからスマホを取り出すと彗にメッセージを送った。

本来なら自分の食事を作ったり、彗が帰宅後に食べられる夜食を用意するのだが、今はとても動けそうにない。

（ちょっとだけ寝よう。そうすれば、嫌な気分も少しはよくなるはず）

自室ではぐっすり寝入ってしまうような気がして、羽海は再びソファで横になって目を閉じる。

心身ともに疲れ果てていたのか、すぐに夢の世界へ引き込まれていった。

7．不安に揺れる

【お話があります。もし帰宅できるようでしたら、連絡をください】

メッセージを送ったままソファで眠っていた羽海は、いつの間にか帰宅していた彗によって起こされた。

優しく肩を揺すられて目を開けると、こちらを覗き込む美しい彗の顔がとても近くにあった。

「彗、さん……？」

隼人ひとりを見た時は顔の造形など双子らしく同じでよく似ていると思ったが、表情や醸し出す雰囲気はまるで違うと、ぼんやりとした頭で思う。

羽海を見つめる瞳は優しく、名前を呼ぶ声には愛情が籠もっているように感じた。

「羽海、こんなところで寝たら風邪をひく」

「おかえりなさい。あっ、ごめんなさい、ご飯の準備……」

羽海を気遣うセリフが嬉しくて心が安らいだが、食事の支度をなにもしていないことに気付きハッとする。

壁掛けの時計を見ると、夜の十時を回っていた。つわりに加え隼人と話したことで体調が思わしくなく、少し休むつもりがかなり長い時間眠ってしまったようだ。

妊娠初期はホルモンバランスの影響で情緒不安定になったり急激な眠気に襲われたりするそうだが、自分からすると言い張った家事をそっちのけでうたた寝していたなんてはずかしい。

慌てて上半身を起こすが、彗はそんな羽海に不機嫌になるわけでもなく隣に腰を下ろし、寝転がってくしゃくしゃになった羽海の髪を手櫛で梳いてくれる。

「軽く食べてきたから大丈夫だ。それより、やっぱりまだ体調が悪いのか？ 夏バテだと言っていたが、一度うちの内科で診てもらうか」

心配そうに額に手を当てられ、至近距離で絡まる視線に胸がきゅっとなる。

こんなふうに体調を心配されたことが以前にもあった。

彼の職業柄なのかもしれないが、自分を気にかけてくれている相手がいるというのは心が温まるような幸せを感じる。

こんなにも大切にされているのに、どうして不安になることがあるだろう。

（きっと隼人さんの言葉なんて嘘だらけよ。それより、早く彗さんにこの子のことを報告したい）

羽海は「大丈夫です」と首を横に振って微笑んだ。

「少し疲れちゃって。それより、お話があるんです」

隼人から聞いた話をどう尋ねるべきか迷ったが、言葉を濁したり遠回しに聞いたりしても仕方がないと判断し、直球で尋ねることにした。

(先に不安を取り除いて、それから幸せな報告をしたい。きっと、きっぱり否定してくれるはず)

羽海は意を決して口を開いた。

「彗さんは私と結婚したら財団を継げるんですか？　だから私に結婚を申し込んだんですか？」

一息で言い切ってから、羽海は隣に座る彗を祈るように見つめた。

(不機嫌な声でいい。「違う」って、「いい加減、俺の気持ちを信じろ」って怒って。そうしたら謝るから。ちゃんと「私も好きです」って言葉にするから……)

彗からの甘いスキンシップにドキドキしすぎるあまり、羽海はこれまで自分から彼に対する気持ちを言葉にして伝えたことがない。

プロポーズの時も、ただ頷いてくれればいいと請われ、自分の想いを告げる機会がなかった。

（あの日も今も、たしかに彗さんは私を想ってくれているって感じる。大丈夫……）

隼人の人を見下すような表情を思い出すたび、彗を信じる気持ちが挫けそうになる。

『人生で初めて、女を愛しいと思った』という彗の言葉は、羽海にとって指輪よりも嬉しい宝物だ。

その言葉が嘘だなんて思いたくないし、幸せな思い出を汚されたくない。

ふたりの祖母が唐突に結び合わせた縁で、互いに初めは恋愛感情など欠片もなかったけれど、それでも今は想い合っていると信じたい。

しかし羽海の願いも虚しく、彼は聞き取れないほど小さな声で呟いた。

「その話、誰から……」

目を見開いて驚く彗を、顔から血の気が引いていく思いでじっと見つめた。

隣に座る彼の表情で、隼人の言葉が事実なのだと悟る。

（あぁ、そうなんだ。彗さんは本当に財団を継ぐために私と結婚したかったんだ……）

初対面の隼人に強引にキスされたのも吐きそうなほどショックだったが、プロポーズの真実を知った今はその比ではない。

（あの言葉も、体調を気遣ってくれる優しさも、名前を呼ぶ甘い声音も、全部偽物だったの……？）

俺様で、自信家で、人の話を聞かずに突っ走る横柄さがあったけれど、医師として努力を惜しまない人柄を尊敬していた。

自分にはない考え方に興味を引かれ、少しずつ不器用な優しさを感じ、彗を好きになった。

きちんとしたデートは一度だけだが、あの日はとても楽しくて、まるでシンデレラのような気分を味わわせてもらった。

初対面の時になにも聞かずコーヒーを注文したり、家事の対価だと羽海には到底似合わないバッグをプレゼントしようとした彗が、羽海に『どこか行きたい場所はあるか？』と聞いてくれたのだ。

それだけでも嬉しかったのに、百貨店のメンバーズサロンで羽海の全身コーディネートを選ぶ彗は本当に楽しそうで、その服を身に纏った羽海を見る目には愛情を感じられた。

リクエストした水族館では彼と手を繋ぎ、コツメカワウソの食べっぷりが彗に似ていると笑い、記念にぬいぐるみまで買った。

等身大のコツメカワウソのぬいぐるみは今も羽海のベッドを我が物顔で占領していて、俺様な部分まで似ていると帰ってきてからもくだらないことで笑い合った。

羽海にとって人生初のデートはこれ以上ないほど素敵な思い出として記憶のアルバムに焼きついていたはずが、パラパラと砂の城のように崩れ落ちていく。

（あのデートも、全部財団を継ぐため……？）

目が飛び出るほど高価な婚約指輪を贈られたのも、その演出だとでもいうのだろうか。

プロポーズに頷いて、まだ三週間も経っていない。

忙しくてなかなかふたりの時間を取れないが、それでも彗に甘やかされるうち、少しずつ婚約者らしい距離感に慣れてきたところだった。

これから妊娠を打ち明け、親になる喜びや不安を分かち合い、ふたりで祖母たちに幸せな報告をしたかったのに。

彗にとっては全部、目的を達成するためのプロセスに過ぎなかった。距離が縮まっていると思っていたのは羽海だけだったのだ。

ショックを受けると同時に、どこか納得したような諦めにも似た感情が込み上げてくる。

（おとぎ話だって、魔法はやがて解けるもの）

それに、思い返せば最初から彗は言っていたではないか。

「恋愛感情を持ち、執着しないこと。跡継ぎをもうける努力をすること。スキャンダルは困るから不貞行為は禁止。それさえ守れるのなら結婚してもいい、でしたっけ」

初対面で告げられた結婚の条件。

彼は立場上結婚しないわけにいかず、相手は誰でもいいと思っていたけれど、今は違うのだとプロポーズの際に言ってくれた。

しかし、あの条件こそが自分たちの結婚の本質なのかもしれない。

「違う！　それは」

ぼそりと呟いた羽海に、なにかを考え込んでいた彗は反射的に顔を上げ、大声で否定した。

しかし最後まで反論を許さず、羽海はかぶせるようにいつかと同じ言葉を発した。

「お断りします」

「羽海」

「私、不貞行為を働きました」

夕方に無理やり奪われたキスの感触を思い出し、嫌悪感が蘇る。唇を擦りたくなる衝動に耐えながら、できるだけ淡々と告げた。

「……なんだって？」

「双子のお兄さんの隼人さんと」

相手を告げると、目の前の彗は絶句している。

それもそのはず。彗から双子の兄がいるという話は聞いたことがなかったので、羽海が隼人を知っているなんて思いもしないし、恋愛初心者の羽海と不貞行為というワードが結びつかないのだろう。

（たとえ無理やりだったとしても、キスはキス。婚約者がありながら他の男性と唇を合わせてしまったなんて、間違いなく不貞行為だわ）

優等生気質で真面目な羽海だが、本気でそう思っているわけではない。あんなふうに合意なく無理やり唇を奪われたのだから、羽海は被害者である。

ただ自分に〝不貞行為を働いたのだ〟と言い聞かせないと、いつまでも彗の優しく残酷な嘘に浸っていたくなってしまう。

（自分に執着するなという条件を出してきた人が、愛してるフリがうますぎるなんて、すごい矛盾してる）

先程羽海の体調を心配していた彗は、どう見ても羽海を愛しているようにしか思えない。

けれど実際はただ財団を継ぐため、多恵が選んだ羽海と結婚するための芝居なのだ。

真実に目を瞑って結婚したとしても、いずれ今を形作る生活すべてが打算に満ちたものなのだという惨めさがじわじわと心を侵食し、破綻するに決まっている。

だったら、今別れを決めるべきだ。

「なので、結婚できません」

「どういうことだ。そもそもどうして隼人を知ってるんだ」

「病院で待ち伏せされたんです。私と結婚すれば自分が財団を継げるはずだと」

仕事終わりに声を掛けられたのだと告げると、彗は顔をしかめて大きく舌打ちをする。

「あのバカが……。そんなわけないだろ。羽海、聞いてくれ。俺は」

その時、彗のスマホがふたりの間を切り裂くように鳴り響いた。

ハッとしたまま動けないでいる彗が躊躇っている間に一度着信が切れたが、再び急かすようにけたたましいコール音が鳴る。間違いなく病院からだろう。

「出てください」

「羽海」

「いいから。今は、私よりもあなたを必要としている人がいるんです」

羽海が彗に惹かれるきっかけとなったのは、医師として尊敬できるという部分だ。

痴話喧嘩にもならないようないざこざで、命を懸けた現場で働く職務を疎かにする彗など見たくない。

「早く」

「……悪い」

躊躇いながら不機嫌な声音で電話に出た彗だが、すぐに医師の顔になり、相手からの情報を聞き取った上で指示を出している。

専門用語が多くて羽海にはわからないけれど、どうやら彗が担当する患者の急変と、事故で救急に多数の患者が運ばれてきたタイミングが重なってしまったようで、夜勤の医師だけでは対応しきれないようだ。

「俺が執刀する。各所連絡して準備してくれ」

頼もしく真剣な横顔に性懲りもなくときめく自分に、呆れを通り越して苦笑が漏れた。

いくつか会話をやり取りし「十五分で行く」と告げて通話を切るボタンをタップした彗がこちらを振り返る。

「必ず説明する。羽海、俺を信じろ」

真剣な眼差しを向けられ、きゅっと息が詰まる。

命の危機に瀕し、医師としての彗を必要としている人の元へ向かってほしい気持ちは本当だ。職務を放り出し、今すぐに説明してほしいとも思わない。

けれど、彗を信じろという言葉に頷くことはできなかった。

「患者さんと、そのご家族を、助けてあげてください」

それだけ口にするのが精一杯で、涙を見せまいと唇を噛み締める。

羽海の様子に歯痒そうにした彗だが、時間が迫っている中それ以上言うべき言葉が見つからないのか、こぶしを膝にたたきつけて立ち上がると、そのままリビングを出ていった。

しばらくして玄関の扉の開閉音が聞こえ、室内は耳が痛くなるほどシンと静まり返る。

ソファから身動きひとつ取れず、ギリギリまで堪えていた涙がぽたりと一粒零れると、堰を切ったように止まらなくなってしまった。

信じたい。でも、どう信じたらいいのかわからない。

結局、羽海は自分に自信がないのだ。

なぜ彗が羽海を選んだのかがわからない。だから〝財団を継ぐため〟という大義名分のある隼人の話に信憑性を感じてしまう。

あれだけ甘やかされ、大事にされていると感じていたはずなのに、それを羽海の思い違いだと隼人に嘲笑われ、わずかに芽生え始めていた愛されているという自信は、日の当たらない花のように萎んで枯れていく。

悲しくて、情けなくて、不安で仕方がない。

ぐちゃぐちゃな感情のまま泣き、涙が枯れた後もしばらく呆然としていた。気付けば時計の針がぐるりと一周している。

彗に隼人の言葉を否定してもらう未来ばかり願っていて、肯定された場合の身の振り方を考えていなかった。

（どうしよう。もうここにはいられない）

よろよろと立ち上がるとリビングから自室へ移動し、少しの着替えを持って彗のマンションを出た。

ひとまず実家へ向かったのは、他に行くところが思いつかなかったからだ。

大通りで拾ったタクシーの車内で、色んなことが脳裏を駆け巡る。

一番はお腹にいる子供のことだ。

（結局、彗さんに打ち明けられなかった……）

祖母の旧友の孫であり御剣家の血を引いた、彗とのたった一夜で授かった大切な宝物。『跡継ぎをもうける努力をすること』と結婚の条件に入れていたくらいだ。存在を知られれば跡継ぎとして確実に奪われてしまうだろう。

彗に直接伝えられなかったが、少なくとも隼人には妊娠の事実を知られてしまっているので、早めに東京近郊から離れた方が安全かもしれない。

果たして誰の手も借りず、ひとりで育てられるのか。

不安に飲み込まれそうになりながらタクシーを降りると、久しぶりに自宅の前に立ち、木造二階建ての我が家をしみじみと見上げた。

(彗さんのマンションとは明らかに世界が違う。やっぱり私はお城で暮らすシンデレラにはなれなかった……)

リフォーム工事が入っているはずの家の鍵を開けて中に入る。まだ住めそうにないのなら、ホテルを予約しなくてはならない。

彗の家で暮らし始めて一カ月以上経っているし、そろそろ終わっているはずだと羽海は廊下を進む。

(え、あれ……?)

羽海の予想とは裏腹に、終わっているどころか、家の中はなにも変化が見られない。

玄関から廊下、風呂場やトイレも見たが段差の多い作りはそのままだし、階段に手すりすらついていない。

（どういうこと？　工事が入るから彗さんの家にお邪魔するって話だったのに）

意味がわからず、唖然とする羽海。

祖母に電話しようかとも思ったが、すでに時刻は午後十一時半を回っている。

（彗さんのことも工事のことも、今日はこれ以上なにも考えたくない。全部明日……）

今日中に話を聞くのを断念し、一階の祖母の寝室に布団を敷く。二階にある羽海の部屋を見たが空っぽのままだった。

シャワーを浴びてすぐ布団に入ったが、目を閉じても浮かんでくるのは彗と過ごした時間。

初めての恋が、こんなにも波乱に満ちたものになるなんて考えもしなかった。

（おばあちゃんのように、ロマンチックな恋愛がしたかったのになぁ）

現実は最悪の第一印象に、騙し討ちのような同居のスタート。ほんの一瞬シンデレラになれたかと思いきや、一気に魔法が解け地獄に突き落とされてしまった。

羽海と結婚したら財団を継げるだなんて、まるでゲームの賞品みたいだ。

（ううん、賞品にもならない。単なるおまけ。財団を継ぐためなら、地味な清掃員くらい簡単に口説き落とせるってことかな……）

再びズルズルとネガティブな想像に思考が偏っていく。

たしかに初対面の時は不遜な態度に眉をひそめたが、それでも少しずつ歩み寄り、不器用な優しさに触れ、御剣彗という人をわかった気でいた。それが驕りだったのだろうか。

女性は身体を重ねると情が湧いてしまうと聞くし、羽海に至ってはすべて彗が初めてだったのだ。

反対に男性はなんの感情がなくても抱けるし、その場限りの快楽を楽しめれば、その後も情を引きずることはないらしい。

（だから〝二度目〟がなかったのかな。慣れていない私なら、一度抱けば執着されない程度に情が湧くって思ったのかも）

恋心をきちんと自覚する前に身体を繋げてしまったが、それに関して後悔はない。

彗は決して乱暴でも自分本位でもなく、むしろ意外なほどに優しく気遣って抱いてくれた。

けれど、それを利用されたのだと思うとやるせない。

（それも、あの人の手の中で転がされていたってことなのかな）

なにも考えたくないと思うのに、次から次へと彗と交わした会話ややり取りが思い出される。

出会ってたった一カ月半。時間にするととても短いけれど、濃厚な一カ月半だった。

瞼を閉じても目尻からしずくが伝い、枕が悲しみに濡れていく。

なにに涙しているのか、自分でもわからない。

彗が実は自分を愛してはいなかったと聞かされた絶望、これからどうしたらいいのかわからない不安、彗を信じきれない自分自身に対しての失望。

すべてがぐるぐる胸の中で渦巻いて、涙として体外に放出されていく。

結局一睡もできないまま朝を迎えた。

泣き腫らし、とてもメイクでどうにかなる顔ではない。

今日が休みでよかったと安堵し、明日からどうすべきかと鏡の中の自分が大きくため息をついた。

8．必ず取り戻す《彗Side》

朝方医局に戻るなり、不機嫌さを隠さず大きな音を立てて椅子に座る。

周囲の医師は遠巻きにしているが、気にする余裕もなかった。

兄の隼人が羽海に接触したらしいと聞かされ、居ても立ってもいられないのに、傷ついた顔をした彼女を置いてこうして職場にいる自分がもどかしい。

それでも自分を必要としている患者を放って帰ることはできないし、きっと羽海もそんなことは望んでいないだろう。

デスクに両手を組んで置き、その上に額をのせて大きく息を吐き出した。

羽海に恋愛感情を抱いた瞬間を、彗ははっきり認識している。

〝玉の輿を狙って祖母に取り入った女〟だと思っていたが、実際の彼女は真逆でまったく欲がない。

家事の対価として渡したブランドバッグを受け取らず、料理を食べてくれるだけで十分だと本気で言う女性だった。

彗に物怖じせずに言い返してくる気の強さも好印象だし、媚びずに対等に話せるのが心地いい。

これまでそんな女性に出会ったことがなかったため、すべてが新鮮で、恋に落ちるのに時間はかからなかった。

患者申出療養制度を使って転院してきた患者の手術の日。帰宅後、彗が執刀した手術の結果を羽海に聞かれた。

未承認器具を使用するとあって技術的な部分以上に緊張感のある手術だったのと、羽海が仕事の話を聞いてきたのが珍しく、よく覚えている。

問題なく成功したと暗に伝えると、羽海は「コーヒーでも淹れますね」と不自然なほど顔を背けてキッチンへ行ってしまった。成功を褒め称えろとは言わないが、尋ねたからにはなにかひと言あってもいいのではと怪訝に思った。

食事を終えシンクに皿を持っていくと、そこにはひとり肩を震わせて蹲る羽海がいた。

気分が悪くなったのかと咄嗟に手を伸ばしたが、話を聞くと、手術した患者と仲良く話す間柄らしく、手術が成功してほっとして泣いてしまったようだ。

彗に涙を見せまいと、ひとりいじらしく泣く羽海に心を奪われた。

病院内で理不尽な言いがかりをつける看護師から庇った時の立ち居振る舞いからし

ても、彗などまったくお呼びではなく、凛として強い女性だと思っていた。

しかし、当然だがこうした弱く脆い部分も持っている。祖母とふたりで暮らしてきたのだから、強くならなくてはと気を張っていたのかもしれない。

これからは自分が守ってやりたい。

今までにない感情に驚きつつ、ようやく本当の意味で妻にしたい女性に出会ったと確信し、自分に執着しない女性がいいなどと言っていた過去の自分が滑稽なほど羽海と恋愛をしたいと思った。

とどめは『御剣先生は野間さんだけじゃなく、野間さんの家族も救ったんですね』という羽海のひと言。

病気そのものを治すだけでなく、患者や家族のその後の人生も考えて治療方針を決めている彗にとって、誰にも話したことのない医師としての信念を認められた気がして、心に深く刺さった。

涙を見られた恥じらいから、照れ隠しのようにはにかんで笑った羽海の表情に堪らなく愛おしさが募る。

吸い寄せられるように唇を重ね、何度も名前を呼び、驚きに固まった羽海を逃さないように囲い込んだ。

ぽってりとした厚みのある唇は甘く、何度でも味わいたいと思わせる中毒性がある。

感情の赴くまま一夜を過ごし、羽海の初めてを奪った。

慣れないながらも必死にしがみついてくる彼女は彗の庇護欲をそそり、これまでにないほど優しく丁寧に抱いたつもりだ。

緊張と疲労からすぐに眠ってしまった羽海の寝顔を見ている途中で病院から電話が入り、後ろ髪を引かれながら家を出た。

間違っても変な誤解をされないように呼び出しがあったとメモを残す自分の周到さには苦笑するしかない。そのくらい羽海を自分のものにしたかったのだ。

祖母の勧めとは関係なく、他の男に取られないうちに早く羽海と結婚しようと必死に口説き、ようやくプロポーズに頷いてもらえた。

それなのに、なぜこんなことになってしまったのか。

話があるとメッセージが入っていたのを見て、ここ二日病院に泊まり込みだったのもあり、なるべく早く帰ろうと病院を出た。

帰宅すると、待ちくたびれたのか羽海はソファで眠っていて、その可愛らしい寝顔に釘付けになる。

まだ一度しか触れていない羽海の素肌を暴いてしまいたい欲望が首をもたげそうに

なるが、彼女は初めてだった上、最近では夏バテで具合が悪そうにしていた。

自分の欲求よりも羽海の気持ちや体調を優先しなくてはと自分を戒め、ぐっすり眠っていた羽海を起こす。

体調が悪いわけではないと聞き、ホッとしたのもつかの間、自分と結婚するのは財団を継ぎたいからなのかと問う羽海の言葉に驚き固まった。

「その話、誰から……」

羽海に病院や財団の跡継ぎについて詳細に語ったことはなく、結婚後も親戚付き合いや経営などの面倒事を背負わせる気もなかったため、なぜ多恵が羽海との結婚を持ちかけたのかという話もしたことはない。

それなのに羽海から『彗さんは私と結婚したら財団を継げるんですか?』と聞かれ、真っ先に誰から聞いたのかという疑問がよぎった。

思わず呟いてしまった小さな声を聞き取った羽海の顔はみるみるうちに青ざめていき、彗は自分の失言に気付いた。

（違う。まずは否定しなくては）

多恵がどう考えているのかを聞いたことはないが、おそらく彼女は理事就任のために結婚を急かしてるのだろう。

実際、彗自身も最初はそのつもりで羽海との初対面を迎えたのだ。

けれど今の彗は、ただ不器用に初恋にあえぐ男そのもので、羽海に対する気持ちに不純物などひとつも混じっていない。

ハッとして言葉を紡ごうと羽海を見据えると、彼女の瞳には失望と諦めの色がありありと浮かんでいた。

それに気付いた時にはすでに彗の言葉は届かず、結局なにも弁解できないままタイミング悪く病院から呼び出しがあり、涙を堪えて見送ってくれた羽海をひとり残したまま、こうして職場で悶々とする羽目に陥っている。

（クソ、隼人がなにか吹き込んだのか）

心の中で悪態をつくが、そうではないと思い返す。

たしかに彗は羽海が言うように、自分が財団を継ぐために多恵が決めた女性と結婚しようと思っていたのだ。私利私欲のためではなく、兄の隼人には任せられないという使命感から、自分が継ぐべきだと感じている。

祖母に勧められた羽海と結婚すれば、隼人ではなく自分が継ぐことになる。それはおそらく間違いないはずだ。

近く理事長を退任予定の多恵にとって、この病院や財団は亡くなった夫と築き上げた大切なもの。

金儲けのためではなく、地域医療に貢献するために身を粉にして働く祖父母や父を尊敬している彗にとって、必ず守り抜くべき場所だ。

だからこそ恋愛や結婚に興味がない自分が、条件を満たす女性であれば誰でもいいから結婚して跡継ぎをもうけ、祖母を安心して勇退させてやりたい。

始まりは、その気持ちだけだった。

今ではそんなこと関係なく羽海と結婚したいと切望しているが、彼女は彗の言動すべてが財団を継ぐためのものだと思っているようだ。

(どう伝えればわかってもらえるだろう)

羽海を結婚相手として受け入れたきっかけが〝病院や財団の後継者として祖母を安心させたい〟という部分は間違っていないため、彼女が持つ疑念のすべてを否定することができない。

事実、前時代的ではあるが既婚者という信頼感が財団の理事に名を連ねるのに必要だという側面もある。

けれど羽海と暮らし始め、彼女の人となりを知り、距離が近付くにつれて惹かれていった。

初めて女性に対し愛しいという感情を持ったからこそ、外堀を埋めるように病院内で婚約者だと吹聴し、周囲の男を牽制するように振る舞っているのだ。

羽海は恋愛経験の少なさから自分では気付いていないようだが、とても魅力的な女性だ。

職場では清掃用の作業着を着ているため華やかさはないものの、感情を素直に映すまん丸の黒い瞳は可愛らしく、ぷっくりと厚みのある唇は男の情欲を掻き立て惹きつける。

彼女が担当するフロアの入院患者が高齢ということもあり目立って話題になりはしないが、同じ医師や作業療法士の男が「清掃員にひとり若くて可愛い子がいる」と話しているのを何度か聞いたことがある。

これまではそんな浮ついた話題を耳にしても気にも留めなかったが、それが羽海だと知ると気が気ではない。

（冗談じゃない。あれは俺のものだ）

余裕がないと自分で自分に呆れるが、それくらい羽海が欲しい。誰にも奪われたくない。

『俺に恋愛感情を持ち、執着しないこと。跡継ぎとなる子供をもうける努力をすること。それから、病院や財団の不利益になるようなスキャンダルは困る。不貞行為は一切禁止だ』

過去に傲慢で横柄な条件をつけた自分をぶん殴ってやりたい。

あの時と同じ言葉で、あの時よりも悲しそうに『お断りします』と言い放った羽海を思い出し、胸がギリギリと痛む。

(それに、不貞行為ってなんなんだ)

羽海の言っていた隼人との不貞行為というのも気になる。

(俺がすべて初めてだった羽海に、そんなことできるわけがない)

真面目で良識のある羽海が、彗との結婚に頷きながら他の男とどうにかなるなど考えられない。

彼女は仕事終わりに隼人に待ち伏せされていたと言っていた。

それだけでも不快なのに、羽海と結婚すれば自分が財団を継げると語ったらしい隼人の言い分も気に障る。

(アイツ、一体なにを考えてるんだ)

多恵から忠告されたにもかかわらず仕事に身が入らないようで、職場での評判も芳しくないと耳にした。

にもかかわらず財団のトップの座を狙っているのだとすれば、厚顔無恥も甚だしい。

隼人が羽海に接触してどんな話をしたのかは不明だが、早急に彼女の誤解を解き、二度と関わらせないようにしなくては。

そう結論づけると、顔を上げてパソコン画面に意識を移す。

プライベートでなにがあろうと、決して妥協やミスは許されないのがこの仕事だ。

頭を切り替えて受け持ちの患者のカルテを確認し、カンファレンスを終えると朝の回診が始まった。

患者ひとりひとりに声を掛けながら診て回り、循環器内科との合同カンファレンスも終えると一区切りとなる。

夜中に容態が急変し手術となった患者の術後も落ち着いていて、今のうちに少し仮眠を取ろうとしたところで内線が鳴った。

『私よ。今大丈夫かしら』

理事長室の多恵からだった。

「あぁ。なに？」

『少し時間をもらえるのなら、理事長室へ来てちょうだい』

「今？」

『ええ。……隼人が来てるのよ』

兄の名を聞き、彗はガタンと音を立てて立ち上がると、一目散に理事長室へ向かう。

乱暴にノックをして重厚な扉を開けると、そこには執務デスクに手を組んで座る無表情の多恵と、応接ソファに浅く腰掛け、行儀悪く背を預けてニタニタと笑う隼人の姿があった。

「よぉ、彗。久しぶりだな」

「……なにしに来た」

羽海に接触したと聞いたのは昨日のこと。

彗は自分と瓜ふたつの顔を持つ隼人を睨みつけるようにして見据えた。

「相変わらずの仏頂面だな。それの報告をばあさんにしに来たんだよ」

彼が顎で指し示した先に視線を移すと、きちんと整頓された多恵のデスクの上に、一枚の小さな紙が置かれている。

扉の前に立ったままだった彗は室内の奥にあるデスクの前まで足を進め、その紙がエコー写真であると気付いた。

無表情で手に取って見ると、産婦人科で用いられる超音波検査の写真らしく、胎嚢《たいのう》の中にある胎芽《たいが》の存在をはっきりと確認できる。

（まさか……）

ある予感に、写真を持つ指先が小さく震えた。

「これは……」

「成瀬羽海からもらった。妊娠したんだって」

ざあああっと全身に鳥肌が立ち、脳みそが沸騰するような感覚に陥った。

（羽海が妊娠している、だと……？）

間違いなく彗の子だ。彼女の体調不良は夏バテではなく、つわりだったのだ。

（羽海は今どこでなにをしている？　俺は、ここで一体なにをしているんだ……！）

きっと妊娠したことを彗に告げたかったに違いない。

それなのに、自分がうまく結婚のきっかけについて説明できなかったせいで傷つけ、初めてで不安だらけの羽海から妊娠の報告をする機会すら奪ってしまった。

それどころか、羽海の疑念になにも答えてやれないまま、彼女を傷つけた状態で家を出てきてしまったのだ。

（羽海のところに行かなくては）

すぐに理事長室を出ていこうと身を翻す彗を、隼人の焦った声が引き止める。

「ちょっ、待てよ！　もしかして彗もあの子とヤッた？　じゃあどっちの子かわかんないな」

「……なんだと？」

足を止めて振り返った彗に勝算を見出したのか、隼人は勝ち誇ったような顔で片方の口角を上げていやらしく笑った。

「地味でつまんない女だったけど、俺だってちゃんと抱いてやったんだ。あの女の子供がどっちの子かわかんない限り、俺にだって財団を継ぐ資格があるだろ」

腹の奥からフツフツと怒りが湧き上がるのをグッと押し殺す。

一刻も早く羽海の元に行きたいのだ。バカの相手をしている暇はないとばかりに隼人の言葉を切り捨てた。

「羽海のお腹の子の父親は俺だ」

「そんなのわかんないだろ。生まれた子供を調べたって、俺らのどっちが父親かなんて——」

「黙れ」

彗は隼人の胸ぐらを掴み、刺し貫きそうなほど鋭い視線で睨みつけた。

「全DNAの配列解析をすれば、一卵性の双子だろうとどちらが父親かは特定できる。ただ一カ月ほどの時間と三百万という金額がかかるから、あまり一般には知られていないだけだ」

「な……」

「それ以上つまらない嘘で羽海を侮辱するなら、ただじゃおかない」

その事実を知らなかった隼人は悔しそうに唇を噛み締めるが、それでもまだ諦めず、彗だけ理事に就任するのは卑怯だなどと喚く。

「俺にはつまんねぇ仕事を押しつけておきながら、彗には女と理事就任っておかしいだろ！　御剣家の長男は俺なんだ！　ばあさんが気に入った女と結婚して孕ませればいいんなら俺だって」

「隼人、お前……！」

三十路を迎える大の大人の言い分とは思えず、怒りが頂点に達する。

思わずこぶしを振り上げた彗だが、それまで静観していた多恵の毅然とした声音にぴたりと止まった。

「いい加減になさい」

祖母の静止で隼人の胸ぐらを掴んでいたのを解放したものの、手が震えるほどの怒りは収まっていない。

「後日、改めて時間を設けて話しましょう。羽海さんにも連絡をしたのだけれど、まったく繋がらないの。財団の跡継ぎについてはもちろんだけど、この写真の真偽については当事者がいなくてはどうしようもないわ」

「どういう意味だ？　ばあさんまで羽海を疑ってるのか」

「そうじゃないわ。私にも考えがあるのよ。でもそれには羽海さんにも話を聞かせてもらわなくては。この場ではなにも解決しないもの」

多恵の含みのある言い方に違和感を覚えるが、それより今は羽海と話がしたい。

その後、仕事を調整して急いで帰宅すると、今日は休みのはずの羽海の姿はどこにもなかった。

何度電話しても繋がらず、焦りからスマホを持つ手が汗で滑る。

病院にとんぼ返りして貴美子の病室へ顔を出したが、普段と変わらない様子だった。きっとまだ羽海の妊娠の話は知らされていないのだろう。

妊娠初期の母体に無理は厳禁。ストレスなんて以ての外だ。

なぜ隼人が羽海のエコー写真を持っていたのかはわからないが、彼女のお腹の子は自分の子だ。

（必ず誤解を解き、羽海の心を取り戻してみせる）

まだ居場所の知れない婚約者を想い、そう心に誓った。

9．心のどこかで

空はどんよりと曇り、八月最終週にもかかわらず気温は三十度を下回っている。

彗から逃げるように実家に帰って二日が経った。

昨日の午前中は瞼がパンパンに腫れ、とても外出できる顔ではなかったが、どれだけ落ち込もうと人間食べなければお腹が減る。

特に羽海は空腹を感じると気分が悪くなる食べづわりらしく、お昼を過ぎた頃に近所のスーパーに食料の買い出しに出かけた。

羽海の部屋はもぬけの殻ではあるが、その他は手つかずなので生活するのに不便はない。

食材を買い込み、簡単な昼食を済ませてふとスマホを見ると、彗からの着信やメッセージがずらりと並んでいた。

【どこにいる？】

【体調は悪くないか？】

【顔を見て話がしたい】

【頼む。無事だと連絡をくれ】

羽海を心配するメッセージの数々に心が揺れ、ようやく落ち着いたはずの涙腺が再び緩んだ。

(これも財団を継ぐためのお芝居? それとも……)

彗は帰宅して早々病院に呼び出され、かなり疲れているはずだ。

勝手に出ていった自分なんて気にしないで早く休んでほしいのに、何度も電話を掛けてはメッセージを残す彗を思うと、彼を労うための食事を作りにマンションへ帰りたい衝動に駆られた。

けれど今羽海の心の中はぐちゃぐちゃで、一晩では彗への想いも、今後自分がどうしたいのかも整理することはできなかった。

メッセージで【実家にいます。しばらくひとりで考えさせてください】とだけ送り、スマホの電源を切った。

実家でダラダラと過ごしながら彗やお腹の子供のことを考えたが、結局なにひとつ答えを出すには至らず。

子供を守るために東京を離れる案も浮かんだけれど、現実問題、入院中の祖母を残して行くなんてできないし、仕事を辞めて見知らぬ土地でひとりで生活するには相当の覚悟がいる。

かといって、なに食わぬ顔で彗のマンションに戻ることもできない。

前にも後ろにも進めず、こんなにも自分が弱い人間だなんて初めて知った。

病院からの呼び出しの電話が鳴る直前、彗がなにか言いかけていたのを思い出し、その時の辛そうな表情が蘇り胸が痛む。

彼になにも言わせず自分の感情だけを押しつけた自覚があるだけに、二日経った今、ようやく話を聞くべきだという理性が働き始めている。

（わかってるけど、彗さんの話を聞くのが怖い……）

ずっと布団に丸まっていたいが、仕事は待ってくれない。こういう時、恋愛相手と職場が一緒だというのはやりづらい。

羽海は今日も十二階から十四階フロアの清掃を担当している。

一度病棟で彗を見かけたが、顔を合わせ辛かったため、見つからないようにこっそりと移動した。

ホッとしたのと同じくらい寂しさを感じ、なんて身勝手なのだと自己嫌悪に陥る。

仕事中は無心で働き、午前中の作業を終えたところで休憩に入った。

職員用の食堂は混むと様々な匂いが混在し気分が悪くなってしまうため、家で作ってきたお弁当を手に中庭へ出ると、多恵がエプロン姿で花壇に水を遣る姿があった。

「あら、羽海さん。こんにちは。お昼休憩?」

「多恵さん……」

この姿を見ていたため、彼女がこの病院を擁する大きな財団の女帝と呼ばれる人物だなんて思いもしなかったのだ。

いつも穏やかな笑顔で患者や出入り業者のスタッフと話していて、羽海にも優しく声を掛けてくれた。

今日は多少の気まずさから、小さく会釈をするにとどめた。

素敵な女性だと慕っていたが、本当に財団の理事就任を引き換えに、彗を羽海と結婚させようとしたのだろうか。

いわゆる政略結婚になりそうなお金持ちのお嬢様ではない羽海を、なぜ自分の孫の妻として選んだのか、理由がまったくわからない。

なにか病院の利益になるわけでもなく、ただ旧友の孫だというだけで大事な後継ぎの伴侶を選ぶとは思えなかった。

(結婚して跡継ぎさえ生んでくれれば、相手は誰でもよかったとか……?)

初対面で彗が提示した条件を考えれば、それもあり得る気がする。

羽海がじっと考え込んでいると、多恵が以前と変わらぬ穏やかな笑顔で切り出した。

「体調は大丈夫？　無理をしてはダメよ。私が息子を授かった時はね、つわりが酷くて動けなかったのよ」

驚愕に言葉もなく隣の多恵を見つめた。

(妊娠してるのを、もう知られてる……)

逃げられない。瞬時にそう悟ると、羽海の顔はみるみるうちに蒼白になっていく。

どうしてと考えるまでもない。思い当たるのは隼人しかいなかった。

彼が多恵にどう告げたのか、一昨日の言動からすれば容易に想像できる。自分の子の可能性があると、でたらめばかりを語ったに違いない。

(多恵さんはどう思ってる？　彗さんの耳にも入ってるのかな。きっとふたりとも失望したよね……)

彗には〝不貞行為をした〟と言って結婚を断ったのだ。きっと羽海が妊娠したと聞き、隼人が父親である可能性を考えただろう。

お腹の子供の父親を偽るなんて、決してしたくなかった。それなのに、いつの間にか隼人の思うツボのようになっている。

「ねぇ羽海さん。貴美子さんから私たちの話は聞いているかしら？」

「……え？」

「彼女はね、私やこの病院にとっての恩人なのよ」

羽海が真っ青な顔で多恵を見つめたまま固まっていると、ホースの水を止めた多恵が「あそこの日陰に座りましょう。立ちっぱなしでは身体に障るわ」とベンチに促した。

ふたりで並んでベンチに腰掛けると、多恵は羽海に弁当を食べるよう勧めてくれたが、なにを言われるのかと気が気でなく、とても食事をする気になれない。

小さく首を横に振ると、眉尻を下げた多恵が困ったように笑ってから、ゆっくりと話し出した。

「私の亡くなった主人、前理事長の御剣洋次《ようじ》は元々小さな町医者の息子でね。洋次さんのお父様の腕もよくて評判は悪くなかったのだけど、資金繰りが難しくて診療所は存続の危機だった。そんな時、華族であり大地主の娘の貴美子さんが彼に嫁ぐ話が持ち上がったの」

「多恵さんの旦那さんに、うちのおばあちゃんが？」

彼女の口から語られたのは、多恵と貴美子の若かりし頃の恋と友情の話だった。

初めて聞く祖母の話題に興味を引かれ、羽海は緊張を忘れて多恵を食い入るように見つめる。

「当時、結婚というのは家と家の結びつきだったの。貴美子さんの家は病院運営権獲得、御剣家は資金援助が目的で、本人たちの意思は関係ない政略的な縁談ね。でも、私と洋次さんが恋仲だと貴美子さんは知っていた。だから彼女は結婚話を断って、家を出る決心をしたの」

「それが、おじいちゃんとの駆け落ち？」

「ええ」

祖母から何度も聞かせてもらったロマンチックな恋の逃避行。

決められた縁談を断ったのは祖父がいたからというだけでなく、結婚相手が友人の想い人だったからなのだ。

「けれど、当時洋次さんのご両親がやっていた診療所は経営が立ち行かず、貴美子さんの家の援助に頼るしかなかった。病気の人を助ける場所を維持するには、少なからずお金が必要だもの。それを理解していた貴美子さんは、自分が自由にできる着物や宝石すべてを換金して洋次さんに渡してくれたの。『これで診療所と多恵さんを守ってください』と言って」

「彼女だって家を出て、当時庭師だったご主人と着の身着のまま逃げるには先立つ物が必要だったはずなのに。貴美子さんは私や洋次さん、そして町の診療所を守ってくれた」

「おばあちゃんが……」

「だから多恵さん、おばあちゃんを恩人って……」

「ええ。この病院は色んな人の思いで成り立っている大切な場所。それを維持するために財団として運営を安定させ、後進へ繋いでいかなくてはならないと思っているの。それにはお金が必要だけど、決してお金だけあればいいわけじゃない」

多恵は一度言葉を切ると、羽海を見据えて真っすぐに語った。

「患者さんや利用者さんに寄り添い、心から人に奉仕する精神が必要。そういう人じゃないと、自分の後は任せられないわ」

羽海は話を聞きながら、だからこそ隼人でなく彗に継いでほしいと思っているのだと納得した。

医師として努力を重ね、プライベートな時間でも必要とされれば駆けつける彗の姿を思い出し、彼こそ後継者として相応しいと感じる。

「あの、どうしてその話を私に……？」

「隼人も彗も、あなたのお腹の子供の父親は自分だと主張しているの」

唐突な話題の転換に、ひゅっと息をのんだ。

呼吸が浅くなり、胸がドクドクと嫌なリズムを刻んでいる。

隼人のいやらしい笑顔が蘇り、羽海は顔をしかめて唇を噛んだ。

「誤解しないで。あなたを責めているのではないの。むしろ私たちの事情に羽海さんを巻き込んでしまって、申し訳ないと思っているのよ」

ぎゅっと胸を押さえている羽海の腕に添えられた多恵の手は、とても温かかった。

ぬくもりを感じ、俯いていた視線を上げると、窺うような表情でこちらを見つめている。

「貴美子さんの退院の前に時間をもらえるかしら。あなたに話したいことがあるし、あなたの聞きたいことにも、その日にすべて答えるわ」

妊娠を知られている以上、断る選択肢はない。

それに今語られた話を聞き、やはり隼人が言う〝結婚と引き換えに理事就任〟というやり方を多恵が選択するとは思えない。

隼人と会った時は、突然悪意とともにたくさんの情報が真実かのように流れ込み、とどめとばかりに強引にキスをされたせいで頭が混乱していたし、つわりの体調不良も手伝って物事をすべてネガティブに考えていた。

自信のなさから彗を疑い、勝手にショックを受けて彼を避けるように家を出てきてしまったが、きちんと相手の話を聞いてからでも遅くはない。

(この子の母親になるんだから。しっかりしなきゃ)

彗のマンションを出てから二日経ち、通常通りに仕事をして多少感情が落ち着いたのか、物事を冷静に考えられるようになっていた。

貴美子の退院まで毎日仕事が入っているが、退院の前日ならば多少遅くなっても支障はない。

きちんと話を聞く覚悟を決め、羽海は口を開いた。

「退院前日の金曜日でもいいですか？　仕事が五時までなので、それ以降でしたら」

提案に頷くと、多恵はホッとしたように微笑んで腰を上げた。

「よかった。ではお仕事が終わり次第、八階の理事長室へいらして。休憩中にお邪魔してごめんなさいね。私は行くから、きちんと食事を取って。あまり顔色がよくないのは、うちの孫たちのせいよね」

羽海が頷くこともできずに困り顔で見上げると、多恵はきゅっと口角を引き結び、ひと呼吸置いてから口を開いた。

「彗は口下手だけど、正義感や信念の強い真っすぐな子よ。それだけはわかってやってほしいの」

「……はい」

脳裏に病院内の嫌がらせから庇ってくれた姿や、何度もオンコールに駆け出していく頼もしい背中が浮かび、羽海は迷いなく頷く。

それを見た多恵は「ありがとう」と笑みを湛え、今度こそ病棟の方へ戻っていった。

その数日後。仕事を終えた羽海は約束通り八階フロアへやってきた。

初めて入った理事長室は広々としていて、完全防音らしく窓の外や廊下の音などは一切聞こえない。

今部屋にいるのは、ここの主である多恵と羽海、そして隼人の三人。

多恵と羽海は応接ソファで向かい合って座り、隼人は少し離れた執務デスクに腰掛けたり、立ち上がって窓の外を見たりと落ち着かない様子だ。

本来ならば隼人とは顔を合わせたくないが、彼も当事者なので仕方がない。なるべく視界に入れないよう、静まり返った空間でひたすら俯いて沈黙に耐えた。

そして隼人以上に顔を合わせにくいのが、到着が遅れている彗だ。

あれから羽海は彗の留守を見計らって着替えなどを取りに戻りはするものの、ずっと実家で生活していた。

明らかに接触を避けているのは彗にも伝わっているだろうし、気まずいことこの上ない。

それに、羽海の妊娠をどう受け取ったのかを知るのも怖い。

多恵には彗も〝自分の子だ〟と主張したらしいが、本気でそう信じているのか、隼人のように〝その方が都合がいい〟と思ってのことなのかわからない。

羽海が彗に『不貞行為を働きました』と言ったのは、もちろん無理やりされたキスのことだが、羽海が妊娠したと聞いて隼人の子かもしれないと疑念を持ったに違いない。

悔しいが隼人も言っていた通り、検査をしてもどちらが父親かなんてわからないだろう。なぜなら彼らは同じＤＮＡを持つ双子なのだから。

どちらが父親かわからない子供なんて、初対面で彗が言っていたスキャンダルそのものだ。

（どんな顔をしていればいいの……）

感情的に口走った自分の発言を後悔しながら、羽海はこれからここに来る彗をドキドキしながら待ち続けた。

憂鬱な気分でふかふかのソファに座っていると、待たされている不満でイラついた隼人がドンと執務デスクをたたく。

「彗はまだかよ。もう十分も過ぎてるだろ」

「物に当たるのはやめなさい。いい大人がみっともない」

多恵が窘めると、隼人は大きな音を立てて舌打ちする。それとほぼ同時に、内線のコール音が室内に響いた。

立ち上がった多恵がデスクにある電話を取り、相手の言葉に何度か頷いた後「わかったわ。頼みます」と告げて受話器を置いた。

「彗は救急の応援に呼ばれたから、そちらに向かうそうよ」

「は？　こっちが先約だろ」

「事故でもあったんでしょうか？」

不機嫌な隼人と心配そうな羽海は対照的で、そんなふたりを多恵はゆっくりと見比べている。

「あんた、一応婚約者なのに全然大事にされてないじゃん。妊娠してんのほっといて、他人の手術の助っ人優先する男のどこがいいの？」

隼人は祖母の視線に気付くことなくバカにしたように笑うと、羽海の隣にどさりと腰を下ろす。

反動で身体が揺れたことに嫌悪感を覚えたが、それ以上に彼の言葉が不快で、羽海は眉をひそめ距離を取って座り直すと、背中を伸ばして毅然と言い返した。

「彗さんは医者です。目の前の救うべき命を優先してなにが悪いんですか」

「いい子ぶってんなよ。本当は自分を優先してくれないなんて不満だろ？　アイツを選べば、今後こんなことが日常茶飯事なんだぞ。俺にしとけよ」

「構いません。それに、もしも彼があとを継ぎたいがために応援要請を断ってここに来るような人だったら、私は婚約なんてしていません」

反射的に言い放ち、自らの発言にハッとする。

（あぁ、そうか。やっぱり私は……）

どれだけ自分に自信がなくても、隼人からさも真実のような話を聞かされても、医師としての彼を信頼していた。

自分でも気付かぬうちに惹かれ、今では泣きたいほどに彗が好きだからこそ、いくら不安に苛まれようと、頭でどう信じたらいいのかわからないと悩もうと、彼が私利私欲のために誰かを傷つけるようなことをしないと、心のどこかで信じていたのだ。

自分が放った言葉でどれだけ彗を想っているのか再確認し、彼がこの場よりも仕事を優先したことで疑念が晴れていくような気がした。

（本当にただ財団を継ぎたいだけであんなふうに口説くような人なら、きっと救急応援なんてせずにここに来るはず）

今も、この前の呼び出しの時も、初めて結ばれた日の翌朝だって彗は仕事を取った。

それを悲しいとは思わない。むしろ彼を誇らしいと思う。

そういう仕事だからこそ、そばにいられる時は優しく接しようとしている彼の思いやりをたくさん受け取ってきたはずだ。

多恵や父親のあとを継ぎたいから結婚を決めたと知り、彼からもらったすべての言葉が嘘のような気がしていた。

けれど、きっとそうではない。

最初のきっかけはどうだったとしても、今現在の彼の気持ちを疑う理由にはならない。

そんな簡単なことにやっと気が付いた。

羽海はお腹に手を添え、背筋を伸ばす。自分の中に宿った命が、自信と勇気をくれるような気がした。

「この子の父親は、誰よりも優秀で優しい医師の彗さんです。決してあなたじゃない。私は患者さんを優先してこの場にいない彼を尊敬していますし、そんな彼こそ大きな財団を継ぐに相応しい人だと思います」

キッパリと言い切ると、不愉快そうに顔を歪めた隼人の奥で、多恵がパンパンと大きく手をたたいた。

「私の目に狂いはなかったわね」

拍手のあとで、多恵がにっこり笑う。

「彗にも聞いてもらいたかったけれど、来られそうにないから話を始めるわ。御剣健康財団は隼人でも彗でもなく、羽海さんに継いでもらいたいと考えているの。将来的には、彗がここの院長、羽海さんには理事長という形でね」

あまりにも想定外の発言に、一瞬なにを言われたのかわからなかった。

(私が……理事長?)

多恵の言葉を頭の中で何度も反芻し、ようやく意味を理解した途端、雷に打たれたような衝撃を受けた。

「はぁ？　ふざけんな！」

羽海が絶句したまま動けないのをよそに、隼人は立ち上がって激昂した。

「うちの親戚でもなんでもない女にあとを継がせるって正気かよ。結局、俺じゃなく彗に継がせたいだけの詭弁だろ」

「いいえ、元々羽海さんに素質を感じていたの。あなたがなにを勘違いしたのか知らないけれど、私は彗に結婚と引き換えに理事就任を持ちかけたわけではないわ。仕事ばかりで恋愛や結婚に縁がなさそうな彗を見かねて、私が知る限り一番素敵なお嬢さんを紹介しただけ。彗の理事就任は、あの子の実績を見ても自然の成り行きよ」

「なにが自然の成り行きだ。御剣家の長男は俺だぞ！　まず彗より俺が先だろ！」

「隼人、あなたはこの財団の存在意義を理解していない。ただ大金を稼ぐだけの道具にしか思っていないあなたが理事に名を連ねるのは許しません」

「な……っ」

青筋を立て絶句する隼人だが、多恵の意見はもっともだと思う。

彼は『理事なんて金持ち相手に寄付をせがむだけ』と言っていたし、患者や利用者に寄り添う気持ちなどまったくなさそうだ。

「去年忠告したはずよ。将来を見据えてきちんとしなさいと。それでもあなたは変わらなかった。それどころか、自分の立場を利用して職場の女性にセクハラ発言をしたそうね。再三注意しても改善されないと現場から告発がありました。今日付で就業規則違反で解雇すると通告を出したわ。明日にでも職場から通知がいくでしょう」

血の繋がりゆえの甘えか、まさか自分が解雇されるとは微塵も思ってもいなかった隼人は散々言い訳を並べていたが、多恵の気が変わらないとわかると、「年寄りの世話なんてつまんねぇ仕事、こっちから辞めてやるよ！」と口汚く悪態をついて理事長室を去っていった。

「ごめんなさいね。身内の醜態を晒してしまって」

「い、いえ……それより……」

なにから聞けばいいのかわからず混乱を極めた羽海の様子を見て、多恵はゆっくりと話し始めた。

「いつだったか、介護の勉強をしてみたいと話してくれたことがあったでしょう？あの時に思ったの。私の意思を継いでくれるのはこの子かもしれないって」

「それで私と彗さんを結婚させようと……？」

「隼人も彗もなにを誤解しているのか知らないけれど、私が彗にあなたを紹介したのは後継者とかそんなものは関係ないのよ。さっきも言った通り、三十にもなって恋愛する気のない孫を心配した年寄りのお節介。羽海さんなら、あの子の癒しになってくれるかもしれないと期待したの」

羽海は彗との初対面を思い出す。人の話を聞かず、条件付きの結婚を提示するなど、およそ恋愛する気はなさそうだった。

「たしかに結婚と理事就任が同時期になるのなら一緒に発表してお祝いしたいと思ってはいるけれど、なにも結婚しないと継がせないだとか、そんなことはひと言も言ってないのに。あの子たち、私を鬼婆かなにかだと思ってるのかしら」

わざと怒った顔をしてみせる多恵だが、羽海はいまだに呆気にとられたまま。

さらに驚くことに、彗と羽海がうまくいきそうな気配を察し、貴美子は財団が運営する『御剣やすらぎホーム』へ入所する計画を立てていたのだそう。

「おばあちゃん、また私に黙って……。あ、実家がなにも変わってなかったのはそういうこと？」

「貴美子さんと相談して、一旦工事を止めていたの。羽海さんが彗とうまくいって家を出てしまうのならひとり暮らしになるでしょう？　いっそうちの施設に入った方が色々といいかと思って」

「そんな……えぇ？」

これまでもマイペースな貴美子に驚かされることが多かった羽海だが、今回はさすがに話を聞きながら頭を抱えてしまった。

彗への気持ちを再認識したばかりの羽海には、多恵から聞かされた財団の跡継ぎや祖母の施設入所など、あまりにも大きな問題すぎて処理しきれない。

「彗との結婚とは別に、財団の仕事についても考えてみてほしいの。理事になるかならないかは置いておいて、羽海さんは医療や介護の業界に必要な人材だわ。時間はまだたっぷりあるし、私の秘書としてついて仕事を知ってもらったり、もし学校で勉強したいのなら支援しようと思っているのよ」

「どうしてそこまで……。私が、恩人であるおばあちゃんの孫だから？」

ずっと疑問だった。彗の相手に選ばれたのも、今こうして大きな財団の将来を託したいと言われているのも、平凡を地で行く羽海にはあり得ない話だ。

しかし、先日多恵から聞いた貴美子との繋がりを思えば、孫である羽海を通じて恩に報いようとしているのではと考えると筋も通る。

多恵を見ると、彼女は笑って首を横に振った。

「去年の春から、あなたが清掃している姿をずっと見ていたわ。丁寧な仕事、患者さん目線に立った気配りや寄り添う温かさ。まさに私が探していた理想の経営者像だった。それとは別に、こんな素敵なお嬢さんが孫のお嫁さんになってくれたらどんなにいいだろうって思っていたの。貴美子さんの孫だと知ったのはそのあと。ありきたりな言葉だけど、運命だと思ってすぐに彗を呼び立てたのよ」

羽海の脳裏に、いつかの祖母の言葉が蘇る。

『運命の相手は、探さずとも案外近くにいるものよ』

あの時は、まさかこんな展開になるとは思ってもみなかった。

それとも、貴美子や多恵にはこうなることが予想できていたのだろうか。

「私……突然で、どう答えたらいいのか」

「そうよね。もちろん強制ではないし、単なる私の希望なの。正直に言って簡単な仕事ではないし、大変な思いをする方が多いかもしれない。勉強することも多いし、医療や介護は綺麗事だけじゃやっていけない世界よ」

「はい」

「でも、その先に患者さんや利用者さんの笑顔がある。その家族の幸せがある。それを守る仕事はやり甲斐があるし、なににも代えがたい喜びだと私は思っているの」

誇りを持って仕事を語る多恵は凛として美しく、同じ女性として憧れを抱いた。

財団の運営や理事など羽海には遠い世界のように思えるが、求めているものは同じなのかもしれない。

まだ多恵の希望に頷く決心はできないが、必死に勉強して、少しでも彼らの役に立ちたいという夢は明確になった。

「それに私の息子も賛成しているし、協力は惜しまないと言ってくれてるわ」

「多恵さんの息子って……院長先生が？」

「ええ。私と彗が気に入った女性なら信頼できると。今度ぜひ遊びにきてちょうだい。息子も会いたがってたわ」

あまりの手回しの良さに唖然とする。

当事者の羽海でさえ今初めて話を聞いたというのに、もう次期理事長の承諾まで得ているとは。

（彗さんの強引でぐいぐい行動するところ、絶対多恵さん譲りだ……！）

羽海がなにも言えずにぽかんとしていると、突然大きな音を立てて理事長室の扉が開かれた。

「羽海！」

そこには首筋に汗を滲ませ、肩で息をするスクラブ姿の彗がいた。

荒々しい足音を立てて羽海に駆け寄り、驚きに立ち上がった羽海を真っ先に抱きしめる。

妊娠しているのを気遣ってか、苦しくなるような力強さはない。しかし決して逃しはしないという意思の伝わる抱擁で、目頭がじわりと熱くなる。

「彗さん……」

たった数日離れていただけなのに、もうこのぬくもりが懐かしく恋しく感じる。それは彗も同じなのか、いつまで経っても腕が解かれる気配はない。

汗をかいているせいか、彼自身の匂いを強く感じる。大きく息を吸い込むと、ホッと安らげる心地がした。

出会って二カ月足らず。まだ抱きしめられた回数は多くない。

それでもこうして触れ合うと、ドキドキするのとは別に、自分の居場所に戻れたような安心感があった。

（やっぱり、私は彗さんが好き）

羽海が改めて自分の気持ちをしっかり自覚している間にも、彗は名前を呼んだきり、なにも言葉を発さない。

それが彗の焦燥を如実に表している気がして、宥めるように大きな背中に腕を回すと、やれやれといった表情で肩をすくめる多恵とバチッと目が合った。

（そうだ、ここ理事長室……！）

羽海は赤くなればいいのか青くなればいいのかわからず、慌てて背中に回していた腕を自分と彗の間で突っ張り、抜け出そうとする。

その行動を彗はどう思ったのか、さらに腕に力を込め、酷く切羽詰まった声音で囁いた。

「羽海、遅くなって悪かった。全部説明するから、ちゃんと話を聞いてほしい。頼む」

「わっわかりました、聞きます！　聞きますから一旦離れて！　た、多恵さんの前です……！」

はずかしさから懇願するように彗の腕をぺしぺしたたくと、渋々といった表情で解放してもらえた。

一気に距離を取ってはぁっと大きく息を吐くと、可笑しさを堪えきれない様子の多恵が彗を見て笑った。

「これと決めると一直線で他が見えなくなるのは昔から変わらないわね」

「一直線のなにが悪い」

「悪いとは言ってないでしょう。子供の頃からずっと医師になることだけを考えて努力してきたからこそ、今があるのだもの。まぁ、勘違いをして羽海さんを不安にさせたのはあなたの落ち度だけれど」

「……勘違い？」

彗が眉をひそめて多恵を振り返る。

「一体誰が理事就任のために結婚相手を斡旋しようなんて考えるものですか。能力と志のある者だけが理事に選出されるの。独身も既婚者も関係ないわ」

「……でも実際、財団を継ぐなら結婚してた方がいいだろ。だから理事就任前に羽海との結婚を持ちかけたものだと思ってたんだが……違うのか？」

多恵に質問をしながら気まずげな視線を送ってくる彗に、羽海は大丈夫だと小さく微笑んでみせた。

「彗が仕事ばかりで休みもなく働いているから、恋愛する気がないのなら紹介すると言ったのよ。医者はとてもハードな仕事だからこそ、プライベートでは安らぎが必要なの。羽海さんなら、あなたを任せられると思った」

「それじゃ、あとを継がせるために結婚させたかったわけじゃ……」

「そんなの考えたこともないわ。家庭を持っていないと信頼がないだなんて、そんなカビの生えた価値観を私が持っていると思う？」

多恵が羽海と彗を引き合わせたのは財団のためでなく、単なる老婆心。

真実を知った彗は大きく息を吐き、前髪をぐしゃぐしゃと掻き乱す。

ふと隼人が不在なのに気付き、彗は周囲を見渡した。

「……隼人は？」

「さっき帰ったわ。あの子には就業規則違反で解雇すると伝えたの」

「就業規則違反？」

「職場の女性に対するセクハラやパワハラ、それに羽海さんに対する発言も酷いものだもの。あの子は一度きちんと報いを受けなくてはダメね。御剣の名前の通用しないところで、一からやり直させるわ」

すべてを説明しなくとも察したらしく、彗は納得するように小さく何度か頷いた。

その様子を見て、多恵が少し申し訳なさそうに弁解する。

「彗が病院や財団の未来を考えてくれるのはもちろん嬉しいのよ。でも、あなたが全部を背負う必要はないの」

「でも現実的に隼人に任せられない以上、いずれ俺が」

「だから羽海さんがいるじゃない。さっき彼女にも話したけれど、私はいずれ彼女に理事のトップに就いてもらいたいと考えているの」

「……は？」

意味がわからないといった表情で固まった彗を見上げ、羽海は同情すら覚えた。

（そりゃそうだよね。これまで自分が継がなくちゃと思ってたところに、突然私の名前が出てくれば……）

なんだかこのやり取りに自分の名前が出てくるのが居たたまれず、羽海は無理やり話題を変えた。

「あの、救急の応援に行ったと聞きましたが、もう大丈夫なんですか？」

「……救急の夜勤の先生が早めに来てくれて交代してきた。今日はもう帰れる。それより、羽海が理事に？」

質問に答えてはくれるものの、話題が逸れることはなかった。

（あぁ、もうなにから彗さんに話したらいいのかわからないよ……）

困り顔の羽海とは対照的に、多恵は楽しそうに微笑んで手を振った。

「ほらほら。まずは帰ってふたりで話してらっしゃい。病院や財団のことよりも大切な話があるでしょう？」

多恵の言う通り、まだ羽海は自分の口から彗に妊娠の報告をしていない。それどころか、結婚を白紙に戻す発言をして家を飛び出したままだ。

「あぁ。話は帰ってからまとめて聞く」

そう言うと、彗は羽海の手をぎゅっと握った。

「帰ろう、羽海」

その何気ないひと言が、あのマンションに帰ってもいいのだと教えてくれる。

彼の言葉も気持ちも切り捨てて逃げてしまった羽海を許し、再び受け入れてくれる彗の大きさが温かい。

「はい」

手を握り返して頷くと、さらに強い力で抱き寄せられた。

「今後のことも、ゆっくり考えればいいわ。貴美子さんとふたりで色んな報告を聞くのを楽しみに待っているから」

にこやかな笑顔の多恵に見送られ、羽海は彗とふたりで彼のマンションに帰宅した。

10．未来に向けて

たった数日ぶりなのに、無秩序に並べられた椅子のインテリアを懐かしく感じている自分に驚く。

玄関に入るなり我慢の限界とばかりに抱きしめられ、羽海の存在を確かめるように彗が何度も髪を撫でる。

「羽海……」

名前を呼ぶ声、抱きしめる腕の強さが彗の愛情を示しているように感じ、羽海もまた彼の名を呼んで抱きしめ返した。

「彗さん」

互いの体温が混じり合うほど密着し、彗の鼓動に耳をすませていると、トクトクと自分と同じリズムを刻んでいるのがよくわかる。

外の暑さも忘れて抱きつき、彗の胸元の頬を擦り寄せていると、上の方で彼の喉がグッと鳴った。

「離れがたいが……入るか」

「は、はい」

頭のてっぺんにちゅっと小さなキスを落としてから腕を緩めた彗に促され、ようやく我に返る。

今までこんなふうに甘えたことなどないはずなのに、自分の中からわだかまりが消えた高揚感に酔い、これまでにないほど彗にくっついてしまった。

「すみません、私ったら……」

「羽海が甘えてくるなんて滅多にないからな。いい気分だが、理性が利かなくなりそうだ」

「え？」

「いや、なんでもない。それより話がしたい。なにか飲み物を入れるから、ソファで待ってろ」

「それなら私が」

「いいから座ってろ。なにを飲む？　紅茶も控えた方がいいか？」

「あ、じゃあこの前ルイボスティーを買ったので、それを」

「ホット？　アイス？」

「アイスでお願いします」

彼の気遣いに甘えてソファで待っていると、意外にも手際よくドリンクを準備して戻ってきた。

彗がキッチンに立っているところを初めてみたが、お湯を沸かしたりカップや茶葉を出したりする手付きに迷いがない。

「彗さん、もしかしてお料理できますか？」

「羽海ほどじゃないが、まぁ人並みには。なんで？」

「いえ、キッチンに立つのが様になってるなぁって」

「なんだそれ。飲み物淹れただけだろ」

隣に腰掛けながら可笑しそうに笑う彗を見て、じわりと目頭が熱くなる。

ここで最後に見た彗は、羽海と病院からの呼び出しの板挟みとなり、歯痒そうな顔で膝にこぶしをたたきつけて出ていく姿だった。

「ちょ……っ、なんで泣くんだよ」

ふたり分の飲み物をサイドテーブルに置き、彗はいつになく狼狽えた声で顔を覗き込む。

「ごめんなさい、違うんです。自分から出ていったくせに、ここに帰ってこられたのが嬉しくて……。たくさん連絡くれてたのに、本当にすみませんでした」

「謝るな。羽海はなにも悪くない。ばあさんも言ってた通り、不安にさせた俺が悪い」

「そんな……」

「その上、向こうは財団を継がせる気はなくて、全部俺の早とちりって……。カッコ悪すぎだろ」

大きくため息をついた後、彗は初対面の時の話を聞かせてくれた。

「結婚相手を紹介するって聞かされた時は、実際理事就任の話もあったし、三十までには結婚しておけっていう意味だと勝手に思い込んでたんだ。相手に執着されて仕事の邪魔をされるのが嫌だったから、俺に一切興味がなさそうで、何度結婚を持ちかけても断ってくる羽海が最適だと思った」

「結婚しないと言うたびに嬉しそうだったのは、そういう意味ですか」

「俺が結婚するって言ってるのに、断る女がいるとは思わなかったんだよ」

「とんだ殿様思考ですね」

肩をすくめながら呆れて苦笑すると、彗も可笑しそうに笑う。

「女帝に取り入った金目当ての奴だと思ってたら、結婚は断るわブランドバッグは突き返すわ、挙げ句の果てに料理を食べてくれるだけでいいって。そんな女、これまで俺の周りには一切いなかった。惚れるなって方が無理だろ」

「だ、だろって言われましても……」

過去の自分の言動を羅列されても、どこに惹かれる要素があるのかわからない。

「確かに最初に羽海と結婚しようと思ったきっかけは、勘違いとはいえ財団のあとを継ぐためであって恋愛感情じゃない。それは弁解しようのない事実だ。でも今こうして必死で説明してるのは、跡継ぎなんて関係なく羽海を失いたくないからだ」

「彗さん……」

膝の上で重ねた手を握られ、真剣な眼差しで語られる言葉に、嘘の影はない。

（きっかけなんてなんだっていい。今こうしてお互いに想い合ってる。それだけで十分）

羽海が心の中で彗の言葉を噛み締めていると、焦ったような声で彗が呟く。

「あー、これ以上どう言えば信じてもらえるんだ。傷ついた羽海を置いて病院に戻ったり、話し合いの場に遅れたりしてたら、羽海からしたら到底信じられないよな」

独り言ち、前髪をぐしゃぐしゃと掻きむしる彗の手に、自分の手をそっと添える。

「信じます」

「羽海」

「五日間も避け続けてすみませんでした。隼人さんから話を聞かされた時は動転していて、きちんと彗さんの話を聞けなかった。彗さんを信じたいと思うのに、どうしても自分に自信がなくてネガティブなことしか浮かばなかったし……妊娠したのが隼人さんから伝わったって知って、どう思われたのかと考えると怖かった」

この数日間の自分の感情をありのまま伝えると、添えていた手を彗がぎゅっと握り返してくれる。

「俺の子だろ」

「信じてくれるんですか？　隼人さんも自分の子だと主張したって……」

「疑ったことなんてない。お前にとっての男は、俺が最初で最後に決まってる」

自信満々に言い切る彗が不遜に笑う。

俺様な態度に、こんなにも安心させられる日がくるなんて思わなかった。

羽海はお腹に手を当て、恐る恐る上目遣いに彗を見上げた。

「この子のこと……喜んでくれますか？」

「嬉しくないはずがない。ありがとう、羽海」

ふわりと肩を抱き寄せられると、自分だけでなく、お腹の子供ごと包み込まれている気分になる。

妊娠の喜びや不安を共有したいと考えていたが、まさか感謝してもらえるとは思わなかった。

「よかった……」

嬉しさにホッと胸を撫で下ろしていると、頭上から予想外な言葉を掛けられる。

「それに、不貞行為ってのだって結婚を断る口実だろ」

「あ、それは……」

隼人に無理やりされたキスを思い出し言い淀む。

しかし隠し事は後々信頼関係に響くし、黙っているのは卑怯な気がして打ち明けることにした。

「……は？　キス？」

「はい、あの、突然腕を引かれて、避けられなくて……」

眉間に皺を寄せ低い声で尋ねられた。

至近距離で見ても美しい彗の表情がみるみるうちに不機嫌な色に染まっていく。

「ごめんなさい」

羽海だって被害者であるはずが、彗のあまりの剣幕に思わず謝罪の言葉が漏れる。

「違う、羽海に怒ってるわけじゃない。最低な行為をした隼人と、それを防げなかった自分に腹が立ってるだけだ。ショックだったよな」

小さく頷くと、そっと頬を包まれ、親指で唇をなぞられる。

ぷっくりした輪郭を何度も親指が往復し、そのたびに腰にぞくりとした痺れが走った。

「俺が上書きしてやる」

言うが早いか、奪うように口づけられる。

優しく触れていた指先とは裏腹に、ずっとおあずけを食らっていた獣のような荒々しいキスには、隠しきれない嫉妬が滲んでいる。

口内に侵入してきた彗の舌が、歯列や頬の内側まで余すところなく触れていき、彼の味を覚え込ませるように深いキスが続いた。

慣れない羽海は息が続かず、角度を変える際に解放された隙に大きく空気を吸い込む。

何度も肩を大きく上下させる羽海がツボに入ったのか、彗は唇を触れ合わせたままクックッと喉で笑った。

「ん……っ、酷い、笑わないでください」

「可愛すぎるんだよ。ちゃんと鼻で息しろ。ほら、続き」

「う、上書きはもう済んだと……」

「バカ、そんなの口実だろ。まだ全然足りない」

時に激しく深く、時に溶けてしまいそうなほど優しく、何度も唇を重ねて吐息を交わし、唇が痺れて感覚がなくなるほどキスの手ほどきを受けた。

（隼人さんにされた時は吐き気がするほど気持ち悪かったのに、彗さんとのキスは蕩けそうなくらい気持ちいい……）

次第に息継ぎにも慣れ、解放された頃には羽海の瞳は潤み、身体の奥がじんと疼いた。

「あ……」

この感覚は、一度だけ彗に抱かれたあの夜と同じ。羽海の意思とは関係なく、身体が彗を受け入れたがって準備を始めている。

自分の身体の反応が信じられずはずかしさに俯くと、それを察した彗が顔を覗き込んでくる。

「なに、キスだけで感じた？」

「な……っ」

わざわざ言葉にする意地の悪さに真っ赤な顔で反論しようとすると、宥めるようにぽんぽんと頭を撫でられた。

「いいんだよ、それで。そうなるよう、この一カ月ずっと待ってたんだ。……まぁ、あと一年待つことになりそうだが」

「え？　どういう意味ですか？」

「……開発しがいがあるって意味」

「開発？」

笑いながら髪を梳かれるが、羽海は意味がわからず首をかしげる。

しかし結局それ以上教えてもらえず、彗はあっさりと話題を変えてしまった。

「それより、ばあさんが言ってた話を聞かせてくれ。羽海を理事のトップに据えたいと言っていたが、知ってたのか？」

羽海は首を横に振り、今日初めて多恵から聞いた話や、実は介護の仕事に興味があると以前彼女に話したことなどを説明すると、驚きながらも彗は賛成だと言った。

「もちろん俺も強制はしないが、羽海がやってみたいと思うなら賛成だし、将来的に自分が理事長も兼任しないといけないと思っていたから、羽海が支えてくれるなら心強い」

「でも……私、最終学歴は高卒なんです。経営の知識なんてまったくないですし、財団の運営なんてとても考えられなくて」

この地域の中核病院や多数の介護施設を包括する組織の運営など未知の世界すぎて、とても現実味がない。

そもそも財団法人とはどんな仕事をしているのか、なにから学べばいいのか、そんな初歩的なことすらわからない状態なのだ。

「知識なんて今からいくらでも身につけられる。要は〝やる〟か〝やらないか〟だ」

「そんな簡単な問題じゃ……」

「簡単だろ。ばあさんだって女帝だなんて言われてるが、経営のスペシャリストではないし、ひとりでどうにかしてるわけでもない。ただ地域医療の発展のために、自分にできることをしてるだけだ」

彗は言葉を続ける。

「確かに昔よりも規模が大きくなったし、背負わないとならない責任も大きい。でも、一番は患者や利用者のためになにがしたいか、なにができるのかってことだ。できることを探すところから始めればいい。患者に寄り添って話し相手になったり、その家族を思って涙する羽海なら適任だと俺も思う」

「彗さん……」

「興味があるなら話だけでも聞いてみればいい。まずは動いてみないとなにも始まらないだろ」

羽海の中にはない考え方を聞き、改めて彗の視野の広さに感嘆する。

物事の大きさに尻込みし〝どうしよう〟と立ち止まってしまう羽海に対し、〝まずは行動してみよう〟と前向きにさせてくれる。

どれだけ高い山だろうと山頂を見て怯むのではなく、目の前にある道を踏みしめて歩けばいいのだと気付かされ、背中を押された心地がした。

羽海は正直な気持ちを吐露する。

「理事なんて恐れ多いですが、医療や介護の現場でもっと役に立ちたいと思っていたので、多恵さんのお仕事に興味はあるんです。現場でも事務仕事でも、なんでも勉強してみたい」

「あぁ。今度ばあさんに伝えてやって。きっと喜ぶ」

「はい」

羽海は笑顔で頷いてみせる。

自分ひとりでは、病院や施設の運営に関わる仕事を学ぶ決断など、とてもできなかった。

学歴も資格もない自分には遠い世界の話だと思っていたが、彗に言わせれば『〝やる〟か〝やらない〟か』だけの問題らしく、楽観的にも思える意見がストンと羽海の中に落ちた。

（確かに学ぼうと思えばいくらだって勉強できる。やる気さえあれば、私にもできることはたくさんあるはず。それに、この業界のことを知れば、彗さんの力になれるかもしれない）

多恵や彗が言うように、自分が御剣健康財団の後継者に相応しいなどと思っているわけではない。

けれど患者や利用者が安心して過ごせる場所を守りたいという思いに共感し、自分もその手伝いをしたいと強く感じた。

さらに、家でだけでなく仕事でも彗をサポートできるようになれば、より彼に近づける気がした。

「ただし無理はするなよ。ばあさんを見てても、かなりハードな仕事には違いない。あの年で俺なんかより余程働いてる」

「タフですよね。お花の水遣りとか搬入の手伝いとかもしてるから、最初は事務員さんかと思ってました」

「ああやって現場を見てるらしい。そこで羽海を見つけたんだから観察眼は侮れないな」

「そうですね。多恵さんから学ぶこと、たくさんありそうです」

「だが今は、自分の身体を労ってくれ」

彗の手が、まだぺたんこの羽海のお腹にそっと触れる。

「ここのところ体調不良だったのはつわりか。今は大丈夫なのか？」

「はい。私は軽い方らしくて、強い匂いと空腹さえ感じなければ平気です」

「空腹？　あぁ、食べづわりなのか」

彗は納得して頷き、そのままお腹を撫で続ける。

優しい手つきが擽ったくて、羽海は身を捩りながら笑みを零した。

「触ってもまだ動きませんよ？」

「わかってる。俺をなんだと思ってるんだ」

「ふふっ、そうでした。お医者様でした」

こんなふうにじゃれ合いながら穏やかな時間を過ごすのは初めてかもしれない。

不安がなくなり、心のつかえが取れたおかげか、いつもよりも素直になれる気がした。

「彗さん」

「ん？」

「好きです」

ずっと言い出せなかった想いを、ようやく言葉にすることができた。

彗に対する好意を自覚してからも、プロポーズを受けた時も、彼の思いに頷くのがやっとで、自ら気持ちを口に出せずに今日まで来てしまった。

恋愛初心者の羽海は「好き」と相手に伝えることすら初めてでドキドキする。

水族館で想いを伝えてくれた彗も、こんなふうにドキドキしてくれたのだろうか。

彗の反応が気になりチラリと上目遣いで表情を窺うと、彼は口の端を跳ね上げたしたり顔でこちらを見つめている。

「知ってる」

尊大な言い草が彗らしくて笑ってしまう。

「初めて言ったのに」

「この俺がここまで必死に口説いたんだ。そうじゃなきゃおかしいだろ」

コツンと額を合わせ至近距離で見つめ合うと、彗の瞳に自分だけが映っているのが見えた。

傲慢に聞こえる言葉とは裏腹に向けられる眼差しや仕草は甘く、羽海に対する愛情があるのだと信じられる。

「羽海、手を貸して」

突然そう言われ、羽海は首をかしげながら両手を差し出す。

「なんですか？　まだお腹は空いてないですよ」

「誰がここで食い物を渡すんだ」

呆れた声音で笑った彗に左手を取られ、あの日と同じように薬指に冷たい感触が走る。

「ぴったりだな」

「これ……」

初めてのデートで選んでもらったしずく型のダイヤモンドの指輪は羽海のサイズに直され、薬指で輝いている。

「羽海が家出している間に取りに行った。当然逃がすつもりはなかったからな」

手を持ち上げられ、甲に口づけられるのもあの日と同じ。

隼人の言葉で不安に揺れている時も、彗は変わらず羽海を想ってくれていたのだ。

羽海はときめく胸を抑え、溢れそうになる涙を必死に堪えて笑ってみせた。

「ずっと私を好きでいてくれること。一緒にこの子の幸せのために努力すること。それから、スキャンダル関係なく不貞行為は厳禁です。それさえ守ってくれるのなら、結婚してもい……っん!」

最後まで言わせてもらえないまま、いつかの意趣返しは彗の口内に飲み込まれ、あっさりと失敗に終わった。

わざと水音を立てながら唇を貪り、秘められた欲を引きずり出そうとする深いキスは、ようやく息継ぎの仕方を覚えたばかりの羽海には刺激が強すぎる。

舌を絡め取られ、口の中を丁寧に撫でられると、収まっていた熱が再び身体の奥に灯る。

(ダメ……また気持ちよくなっちゃう……)

身体がへにゃへにゃになる前になんとか腕に力を入れて距離を取ると、不敵に微笑を浮かべた彗と視線が交わった。

「俺を茶化そうなんて百年早い」

「そ、そういうのズルいですよ」

「なにが?」

羽海の言いたいことをわかってるくせに、彗はとぼけてみせる。

もっと触れ合いたくなってしまうと言葉にするには恋愛経験値が足りなすぎて、羽海は口を尖らせて睨むしかできない。

すると、もう一度ちゅっと音を立てて触れるだけのキスをされた。

「んっ！」

「こっちだってギリギリで我慢してるんだ。羽海も同じだけ焦れてもらわないとな」

吐息が触れるほど近い距離で囁かれ、頬がどんどん熱くなっていく。

その視線に耐えられず、羽海はそっぽを向いて小さな声で呟いた。

「私だって……焦れてます……」

「なんて？」

「もうっ！　聞こえてたくせに！」

「ははっ、可愛い。それでいい、もっと俺に落ちてこい」

真っ赤になった羽海を見て、彗は肩を揺すって笑う。

そっと顎に指をかけられ再び見つめ合うと、彼の瞳が羽海を好きでたまらないのだと語っているのがわかった。

（私も、彗さんが好き。これ以上ないほど、あなたに落ちてる……）

羽海は溢れる想いを伝えようと、ゆっくりと自分から唇を重ねた。

エピローグ

彗の後押しもあり、羽海は財団運営の仕事を学ぼうと決めた。

清掃の仕事は体力勝負なので急ではあったが妊娠を機に退職させてもらい、今は御剣健康財団へ就職し、多恵の秘書として彼女の仕事をサポートしながら財団の在り方や医療施設の事務について勉強している。

彗は「産後落ち着いてからでも遅くないだろ」と不服そうだが、羽海は少しでも多く多恵から学びたかった。

貴美子は退院後、事前の計画通り御剣やすらぎホームに入所し、そこで得た友人と悠々自適に暮らしている。

リハビリの甲斐あって、杖は使うが自分の足で歩けるまでに回復した。

彗とふたりで結婚と妊娠の報告に行くと、目に涙を浮かべて「崇《たかし》と麻美《まみ》さんも喜んでるわね」と羽海の両親の分まで喜び、さっそく施設の自室に飾ってある夫の写真に手を合わせて報告していた。

その姿を見て、改めてどれだけ心配をかけていたのかを実感し、施設で新しい友人と第二の人生を送り始めた彼女に少しずつ恩返しをしたいと思う。

多恵について仕事を覚えていることに関しては、さすがの貴美子もとても驚いていたが、「やると決めたのなら真摯に学んで、素晴らしい病院を守ってちょうだいね」と激励された。

「ありがとう、おばあちゃん。それでね、これをおばあちゃんに書いてほしくて」

「まぁ、婚姻届？　あら、多恵さんに書いてもらったのね。もうひとりは彗さんのお父様じゃなくていいのかしら？」

遠慮して彗を見上げた貴美子に、彗は微笑みを浮かべて大きく頷く。

「ぜひ貴美子さんに書いていただけたら。羽海さんを育ててくださった大事な人ですし、祖母からこの病院の恩人だと伺っています」

「いやねぇ、恩人なんて大層なものではないのよ。私はただ、茂雄さんと添い遂げたくて逃げただけですもの」

穏やかに笑う貴美子に証人欄のサインをもらい、その足で役所へ提出。晴れて羽海は〝御剣羽海〟となった。

「これからよろしく、奥さん」

「こちらこそ、よろしくお願いします」

初めて出会った夏から年を跨ぎ、真冬の二月下旬。

羽海のお腹は歩くのも大変なほど大きくなり、それに比例して彗の過保護も加速している。

初対面からは考えられないほど心配性で、なにかにつけてそばにいたがる彗と、それをあしらう羽海という構図が出来上がっていた。

出産はもちろん御剣総合病院でする予定で、妊婦健診は手術の予定が入らなければ必ず一緒に来てくれる。

院内では彗の妻に対する過保護ぶりが噂になり、ただの清掃員が傍若無人なエリート医師をゲットした上、献身的な愛妻家に変身させたと、シンデレラなのか魔法使いなのかわからない話が広まり、過去の『トイレ掃除をするとイケメンエリートと結婚できる』という都市伝説に真実味が増しているらしい。

「将来、羽海が理事長になれば実質俺の上司になるんだ。シンデレラっていうより豊臣秀吉だな」

休憩中、職員食堂で噂話を耳にした彗が可笑しそうに羽海に視線を送る。

「まだそうなると決まったわけでは。……というか、そのたとえ嬉しくないんですけど。サルってことですか？」

「下剋上って意味だろ。王子に見初められて結婚なんてつまんない話より、自分の能力と人柄でのし上がっていくサクセスストーリーの方が気の強い羽海らしいしな」

「なんか、そう聞くと可愛げがないですね」

相変わらず他愛ないことをぽんぽん言い合う幸せそうな御剣夫妻の様子は、昼休憩の名物になりつつあった。

決まった時間に休憩が取れる事務の羽海と違い、多忙な彗と職員食堂で並んでランチを取れるのは週に一度あるかないか。

周囲の好奇な視線は気になるが、一緒にいられる貴重な機会とあって時間の合う時は一緒に食事をしようと決めている。

Aランチを食べ終えると、ふたり分のトレイを片付けに行った彗が、食後のホットコーヒーと紅茶を手に戻ってきた。

「いつものノンカフェインな。今日はピーチティー」

「ありがとうございます。桃のいい香りがします」

この食堂はドリンクバーが充実しており、妊娠中の羽海はカフェインの含まれたドリンクを避けているため、この半年は麦茶かノンカフェインのフレーバーティーを好んで飲んでいる。

温かいカップを受け取りながら、初めて会った時のことを思い出した。

確認もなく飲めないホットコーヒーを頼まれたあの日とは違い、羽海のことを考えて選んでくれた彗を見上げ、本当に印象が変わったとしみじみと感じ入る。

すると、紅茶のカップと一緒に小さなクッキーの袋を渡された。

「これは？」

「返却口でもらった。今週だけのサービスらしい。チョコだけど食べるか？」

「そっか、バレンタインだったから。一昨日も食べちゃったけど大丈夫かな」

チョコレートにもカフェインが含まれているため普段は控えているが、まったく摂取してはいけないというわけでもないので、バレンタイン当日は手作りしたフォンダンショコラを彗とふたりで食べた。

その際、口を開けて〝食べさせろ〟と言わんばかりに待っている彗の要望に応え、人生初の〝あーん〟にチャレンジしたのだが、照れくさくて真冬だというのに身体が熱くて仕方がなかった。

『い、いい加減自分で食べてくださいよ』

何度か口に運んだ後、はずかしさに耐えきれずフォークを置いた羽海の手首を掴み、甘ったるい香りを纏った彗が顔を寄せる。

『そうだな、ここからは俺が好きに食う』

『んん……っ！』

当初、恋愛感情を向けてくるなと言っていたとは思えないほど、チョコレートに負けないくらい甘い夫となった彗に、羽海の心臓は高鳴りっぱなしだ。

ショコラ味の濃厚なキスを受けたことまで思い出してしまい真っ赤になっていると、それに気付いた彗が意地悪く笑う。

「美味かったな」

フォンダンショコラか、または羽海の唇か。

どちらともとれる言い方をして口の端を上げる彗の表情は、昼間の病院とは思えぬ滴るような色気が漂っており、羽海は口をパクパクさせたままなにも言えなかった。

（こういうところ、本当にズルい……！）

熱くなった頬を押さえながら彗をじろりと睨むと、それすら愛おしいといった眼差しで見つめ返される。

周囲がにわかにざわめいたことで注目を浴びているのを肌で感じ、羽海はさらに目を眇めた。

「いつかも思いましたが、私を女性除けに使わないでください」

「使うもなにも、別に普通にしてるだけだろ。まぁ効果は絶大だが」

婚約時代は羽海相手なら勝てると自信に満ちた女医や看護師にアプローチされることもあった彗だが、今年のバレンタインは個別のチョコはほとんど渡されなかったらしい。

「……ほとんど？」

「皆無じゃなかったな。受け取らなかったが」

結婚して半年が経っても、まだこうして注目されたり本命チョコを贈られたりする夫のモテっぷりに嘆息する。

これだけのルックスで優秀な心臓血管外科医であり、さらに大病院の跡取り息子なのだから、それも致し方ないのかもしれない。

羽海と一緒にいる姿が広まり、傍若無人という言われ方も少なくなってきたせいか、周囲からの評判もどんどん上昇している。

（改めてすごい人と結婚したんだなぁ……）

しみじみ実感すると、彗の気持ちを疑うわけではないのに不安な気持ちが芽生える。

（いまだに〝二度目〟がないわけだし。おこがましいけど、我慢させちゃってるんだよね……）


通常、安定期に入れば夫婦生活も無理しない程度であれば問題ない。

しかし『無理しない程度なんて無理』と医師らしからぬ発言をした彗により、産後までおあずけとなった。

そんな状況下でスタイル抜群の美女に言い寄られたりしたら、普通の男性ならグラッときてしまいそうだ。

豊満な胸元を腕に押しつけられて満更でもなさそうな顔の彗を思い浮かべ、自分の勝手な妄想にムッとする。

「……不貞行為は禁止ですから」

顎をツンと上げて精一杯強気に言ってみせた。

すると、一瞬ぽかんとした彗がフッと吹き出すように笑い、羽海の顎に指をかけて顔を近付けてきた。

「当たり前だ。抱きたい女は羽海しかいない」

午後一時の職員食堂には昼休憩を取る病院関係者で溢れているにもかかわらず、彗は妖艶な顔で言い放った。

完膚なきまでに反撃を食らい、羽海は再び顔を赤くさせて狼狽える。

「こっこんな公衆の面前でなにを……っ」

「お前の要望に応えただけだけど」

「望んでなんていません！」

「そうか？　ケバい看護師にチョコもらってる想像でもしたんだろ」

あっさりと図星を指されて言葉に詰まった羽海を見て、彗が愉快そうに笑う。

「もうっ」

「怒るなよ。お腹の子がビックリするだろ」

職場で嫌みを言われたり嫌がらせを受けたりしたのを知っているからこそ、こうして周囲の目を気にせず接してくれているのもわかっている。

意地悪かと思えば甘やかされ、常に大切にされているのだと実感させてくれる彗に愛しさは募るばかり。

愛し愛されながら、子供が生まれるまでのつかの間の夫婦水入らずの生活を思いきり満喫していた。

予定日より一週間早い四月八日、突然陣痛に襲われた。

すでに産休に入っていた羽海は妊婦健診を終えた足で八階に寄り、多恵と昼食を取り終えたところだった。

痛みの間隔を計りながら産婦人科へ向かう途中で破水してしまい、途端に痛みが強くなって蹲っていると、多恵から連絡を受けた彗が駆けつけ、抱きかかえられて処置室へ。

それから何時間も陣痛に苦しみ、日付の変わった夜中の三時に男の子を出産した。

幸い夜勤や緊急オペの予定が入らなかったため、彗もその場に立ち会うことができた。

へとへとになりながらも我が子の誕生に感涙している羽海が彗を見上げると、彼もまた感動で瞳を潤ませている。

「ふふ、鬼の目にも涙ですね」

「お互い様だな」

大仕事を終えた羽海に頬を寄せ、彗は何度も感謝の言葉を伝えてくれた。

「ありがとう、羽海。頑張ったな」

「はい。彗さんがいてくれたから」

「出産する母親の前では、父親も医者も無力だな。そばにいるしかできない」

汗に濡れた羽海の額を撫で、彗は脱力しながら苦笑する。そんな彼を見て、羽海は微笑みを浮かべた。

「それでいいんです。忙しいのに立ち会ってくれてありがとうございます」

きっと彼はこのまま寝ずに翌日の勤務に向かうのだろう。自分の身体もボロボロだが、彗の体調も心配になる。

「相変わらず欲がないな」

「そうですか？　そばにいてほしいだなんて、とても贅沢な願いだと思います」

祖父を知らず両親を早くに亡くした羽海は、ただ〝そばにいる〟のがどれだけ難しくて幸せなことなのかを知っている。

愛する人に想われ、同じ家で暮らし、作った料理を残さず食べてもらう。

日常の些細な出来事すべてが彗とふたりなら新鮮に感じ、楽しくなる。

これからは三人で、より彩りに満ちた生活が待っているのだ。

産後の処置を受け、綺麗におくるみに包まれた赤ちゃんを腕に抱くと、あまりの軽さに驚いた。

「わ、軽いです」

「男の子か。どっちに似てる？」

「まだわかりません。おサルさんみたいです」

「じゃあ羽海似か」

「どういう意味ですか」

息子を抱きながら言い合いをしていると、ふにゃーと小さな声で泣いていた赤ちゃんがぴたりと泣き止む。

グーに握っている小さなこぶしをつついてみると、そっと開いて指をギュッと握られた。

「ふふ、可愛い。絶対守ってあげなきゃって思いますね」

お腹に宿った時にも感じた母性が、むくむくと育っていくのがわかる。

その光景を見ていた彗は眩しそうに目を細めた後、真剣な眼差しで羽海を見つめた。

「守ってみせる。ふたりとも幸せにする。必ず」

ストレートに気持ちを告げられ、胸の奥がじわりと温かくなる。

じっと見つめ合ったまま、どちらともなく顔が近付き、そっと唇が重なった。

「……扉の向こうから先生と助産師さんの生温かい視線が刺さってます」

「ほっとけ。今日くらいいいだろ、職場でイチャついたって」

「今日だけじゃないくせに……」

照れ隠しでぼやきつつも、幸福な空気に包まれた甘い口づけは、赤ちゃんが再び泣き出すまで続いたのだった。

Fin

特別書き下ろし番外編

番外編1

「彗さん、まだ怒ってますか？」

息子の陸《りく》を寝かしつけた羽海が、そっとリビングのドアを開けて入ってくる。

風呂上がりのパジャマ姿にすっぴんというスタイルはあどけなくて可愛らしいが、本人にしてみれば『寝不足でヨレヨレだから見てほしくない』らしい。

眉尻を下げ、困ったようにこちらを見つめている。

陸が生まれて二カ月が経った。

両家ともに初曾孫とあって、ふたりの祖母、多恵と貴美子の盛り上がりようは凄まじかった。

『陸くーん。まぁ、なんて綺麗なお顔でしょう。きっと多恵さんや彗さんに似たのね』

『あら、でも唇はぷっくりしていて、貴美子さんや羽海さんにも似てるわ』

産後、病室に見舞いに来たふたりは目尻を下げて陸を抱き、まだ目の開ききらないサルのような顔のどこそこが誰に似てるとはしゃぎ、陸が大きな声を上げて泣けば将来大物になると根拠のない太鼓判を連打する。

それだけでも彗は呆れたが、羽海の退院後一週間もしないうちに、ひと部屋埋めてしまうほど大量のベビー用品が自宅に送られ、その片付けに苦労させられた。

どうやら貴美子と多恵のふたりで買い物に出かけたらしく、数カ月洗濯をしなくても大丈夫なほどの量のベビー服や、まだしばらくは出番がないであろう室内用ジャングルジムのプレゼントが届いた。

あまりのはしゃぎように苦笑したが、陸の誕生を喜び可愛がってくれるのは素直に嬉しい。

羽海は多恵の計らいで産休と育休を目一杯取らせてもらっているが、生憎彗はそうもいかず、陸の世話のほとんどを羽海に任せっきり。

初めての育児に戸惑いながら、慣れない手つきで小さく柔らかい新生児の世話をする彼女は聖母のように慈愛に満ちた表情をしていて、母親になりさらに魅力が増した。

彗も早く帰れた日や休日には育児に参加し、抱っこやおむつ替えも手慣れたものだ。

愛する妻と可愛い息子に囲まれ、これ以上ないほど幸せに満ちた日々を過ごしている。

しかしこの日、急いで帰宅し真実を確かめた彗は、燃え尽きて真っ白になったボクサーのようにソファに身を沈めた。

（あー、最悪だ……）

テレビはついているものの内容はまったく頭に入ってこないほど、彗は己の失態に愕然としていた。

ソファで両膝に肘をつき、頭を抱えて項垂れる彗の隣に腰を下ろした羽海が、顔を覗き込もうと身を屈める。

「あの、誰かになにか言われたんですか？」

「……ばあさんが、誕生日くらい早く帰ってやれって」

「あぁ、なるほど」

納得して頷いた羽海がクスッと笑うが、彗には笑い事ではない。

医局で気になる症例の確認をしようと、夕食を院内のコンビニで調達していたところに多恵と鉢合わせ、相変わらずの仕事人間だと呆れられた。

帰宅してすぐに羽海に『今日が誕生日なのか？』と尋ねると、『はい、二十五歳になりました』とあっさり返され、どれだけ打ちのめされたような気分になったか。

「なんで黙ってた？」

もちろん自分が悪いのはわかっている。

出会って二カ月足らずのスピード婚約。入籍よりも先に陸を授かり、この一年バタバタと過ごしてきたが、それが最愛の羽海の誕生日を知らなかった理由にはならない。

恋心を自覚した時点でさり気なく尋ねるべきだろうし、少なくとも入籍する時に婚姻届には記入しているのだ。

学生時代から異性に好意を持たれることの多かった彗だが、羽海に出会うまで恋愛にのめり込んだ経験など一度もない。

当然、誕生日やイベントごと、記念日などにも無関心で、ねだられもしないのにプレゼントを買った覚えもない。

いい加減な恋愛もどきしかしてこなかったツケなのか、初めて恋をした相手の誕生日を失念してしまうとは。

確認していなかった自分も腹立たしいが、誕生日当日の朝すらいつも通り彗を仕事へ見送った羽海にも不満が募る。

もしも出がけにひと言ってくれたのなら、気の利いたプレゼントは無理でも、ケーキのひとつくらい買って帰ったのに。

自らの不甲斐なさを棚に上げて不機嫌さを隠さず羽海に詰め寄ると、彼女は肩をすくめて微笑んだ。

「黙ってたわけじゃないですよ。でも言い出すタイミングがなかったというか……。

今日誕生日なんですって言うと、なんだかお祝いしてほしいみたいに聞こえるじゃないですか」

「いいだろ、それで」

「よくないですよ。私は別に特別にお祝いしてほしいわけでも、プレゼントがほしいわけでもないですから」

相変わらず欲のない羽海らしい発言だが、ここは彗にも反論がある。

「俺は羽海の誕生日を祝いたい」

「ありがとうございます。その気持ちだけで十分です」

「そうじゃない。きちんとしたプレゼントを贈りたいのもあるが、知らないまま過ぎてるなんて嫌なんだ。羽海の生まれた日を祝いたい俺の気持ちを無視しないでくれ」

「あ……っ」

項垂れていた顔を上げて真っすぐに羽海を見つめて言い募ると、彗の言葉にハッとした彼女の表情から笑みが消え、こちらの意図を汲み取ろうとしているのがわかった。

「羽海のことで俺が知らないなにかが存在するなんて許せないんだ」

狭量だと笑われても構わない。それが彗の偽らざる本音だった。

しかし羽海は一切笑わず、真剣な眼差しだ。相変わらずの真面目ぶりを眩しく感じる。

祖母である貴美子の出自も関係しているのか、作法やマナーを厳しく躾けられたという彼女は、人の話を聞く時は必ず目を合わせる。

威圧感などはなく、ただひたすらに相手に敬意を持って話を聞く姿勢は凜としていて、誰しもが羽海と〝もっと話していたい〟と感じるだろう。

清掃の仕事をしていた頃も、財団法人に就職し多恵の秘書として働きだしてからも、彼女の周りには人が絶えない。

きっと自分以外にも、この眼差しに惹かれ、落ちる男がいるに違いない。だからこそ、より強く思う。

「羽海のことは、全部把握していたい」

彼女が一日なにをしていたのか。誰と話し、なにに喜び、なにを悩んでいるのか。誰かに相談するなら自分に話してほしいし、すべてを知りたいと思う。

(羽海の妊娠を隼人を通じて知ったのが、これまで生きてきた人生で最大の失態だと思っていたが、今回はそれに匹敵するな……)

彗が一番羽海に近い存在だと自負しているのに、たとえ自分の祖母であろうと他から初めて知る羽海の話を聞かされるのは我慢ならないし、知らないところで羽海の誕生日が過ぎ去ってしまうなど到底許せない。

自分でも子供じみた独占欲であり、重すぎる愛情だと自覚はある。

これまで他人に執着したことはなく、誰にも注がれずに溜まりに溜まった愛情を彼女へ一身に浴びせているのだ。羽海は窮屈に感じるかもしれない。

そんな懸念はあるが、彗は自らの愛し方を変えられそうもなかった。

「悪い。この一年、誕生日を聞かなかった俺に非があるのはわかってるんだ」

初恋に浮かれ、三十男が中学生でもしないような失態を演じたと自嘲する。

しかし、ここでいつまでも呆けていても仕方がない。

（まだ誕生日当日だ。今からでも挽回するには遅くない）

彗は気を立て直して羽海に向き直ると、彼女が「ごめんなさい」と呟いた。

「確かに、大切な人の大事なことを知らないまま過ぎ去っちゃうのって寂しいです。逆の立場で、私が彗さんの誕生日を知らないままスルーしてたらって思うとすごく残念だし、言ってほしかったって思う……」

彗の思いを汲み取り、受け止めてくれる素直で健気な羽海が愛おしい。

彼女に出会ってからというもの、こんなにもひとりの女性に心を傾けられるなんてと驚きの連続だが、今の自分が嫌いではない。

息子の陸ももちろん愛しているが、妻を想う気持ちとは種類が違う。羽海はなにとも比較できないほど、彗の中で唯一の存在だ。

「これからは、なんでも話しますね」

「あぁ。そうしてくれ」

「彗さんも、なんでも話してください」

「じゃあ、早速いいか？」

「もちろんです！　なんですか？」

嬉しそうに羽海が顔を綻ばせる。

これからなにを言われるのかも知らず、彗の言葉を待つ顔に『なんでもドンと来い』と書いてあるのが可愛くて、彗はクククッと喉の奥で笑った。

「改めて、誕生日おめでとう」

「ありがとうございます」

「羽海が生まれたこの日を祝いたい」

そっと顔を寄せて耳元で囁くと、羽海の肩が大げさなほど上下に揺れる。

彗はこの一カ月間、胸に秘めていた願いを打ち明けた。

「今夜は、羽海を思いっきり愛させてほしい」

情欲を隠しもしないで告げれば、初心な彼女にも言葉の真意は伝わったようだ。ぼんっと音がするほど顔が真っ赤に染まり、口をパクパクさせたまま固まってしまった。

（こういう反応がいちいち可愛すぎるんだよな）

羞恥から視線を合わせられなくなった羽海の瞳がきょろきょろと宙を彷徨い、どう答えればいいのか戸惑っているのがありありと伝わってくる。

「陸はぐっすり寝たんだよな？」

「は、はい。この時間なら、いつも明け方まで寝てくれます」

新生児の頃は三時間も経たずに泣いて起きていたが、最近では夜は少しだけまとまった時間眠ってくれるようになったと羽海から聞いていた。

「身体は？　もう痛みはないか？」

「はい。一カ月検診でも身体の戻りは順調だって言われましたから」

「じゃあ、俺に触れられるのは？　嫌じゃないか？」

女性は初めての出産や育児の大変さに加え、ホルモンバランスの影響から夫婦生活へ消極的になったり、嫌悪感が出てきたりするケースがある。

羽海の場合、ハグやキスなどの軽いスキンシップを嫌がらないところを見ると嫌悪感などはなさそうだが、身体を重ねるのに抵抗がないとも限らない。

産後は性欲がなくなるという話はよく聞くし、子供に授乳していると性的に胸元に触れられるのが嫌になる人もいるらしい。

そっと羽海の頬に手を添え、瞳を覗き込む。

彗が羽海を抱いたのは、想いを伝え合う前。羽海が仲のいい患者の手術成功に安堵して涙を流したあの夜、一度きり。

その後は羽海の気持ちを自分に向けることに注力し、想いが通じ合った後も初めてだった彼女の気持ちが育つまで待とうと、理性を駆使して耐えていた。

程なくして羽海の妊娠が発覚し、今日までおあずけ状態が続いている。

通常一カ月検診で問題がなければ夫婦生活も解禁されることが多いが、やはり彗は羽海の気持ちを優先したかった。

じっと羽海を見つめると、耳まで真っ赤にした彼女は唇に手を添え、俯いたまま小さく首を横に振った。

「彗さんに触れられるのが、嫌なわけないじゃないですか……」

「羽海？」

「私だって、ずっと……」

わずかに聞こえたか細い声ははずかしさに震えており、拒絶されなかった安堵とともに庇護欲がむくむくと湧き上がる。

逸る気持ちを抑え、彗は抱擁を待ちわびる細い肩をそっと抱き寄せた。

「ありがとう。じゃあ遠慮なく祝わせてもらう」

「彗さん自身が誕生日プレゼントってことですか?」

「リボンでも巻いとけばよかったか」

「ふふ、もったいなくてほどけません」

笑いながらテンポよく言葉を返す羽海だが、腕の中の身体はガチガチに固まっている。

(これは……嫌なわけじゃなく緊張してるんだろうな)

羽海自身の経験も、彗との一度きり。

あの日も丁寧に、決して苦痛を与えないように優しく抱いたつもりだが、多少の痛みはあっただろう。

出産の傷が癒えたとはいえ、不安や恐怖で身体が固くなるのも仕方がない。

彗はなんとか羽海の強張りを解いてやろうと、髪を撫で、頬や額、目尻など次々に唇を寄せた。

これから始まるのは、ひとりの男が愛する女性に生まれてきてくれた感謝と愛情を伝えるだけの行為。

決して怖くないし、嫌だと思うこともしない。

そんな気持ちを込めて顎から首筋、鎖骨まで唇で辿っていく。

「すい、さん……」

「羽海、怖いか？」

「少しだけ。私、ちゃんとできるかなって……」

甘い吐息を漏らしながら、羽海がなにを不安に感じているのかを打ち明けた。

「彗さんはずっと待っててくれたのに、うまくできなかったらどうしよう……。私、ちゃんと彗さんを、き、気持ちよくできるのかな……」

自身の痛みや恐怖ではなく、彗に快楽を与えられるかどうかを不安に感じているとは思ってもみなかった。

（本当に、どれだけ俺を惚れさせれば気が済むんだ）

いつもそうだ。

彗は思ってもみない言動で彼女に惹きつけられ、その魅力から抜け出せなくなってしまう。

「バカ。そんなこと考えなくていい」

「だって……」

「羽海はただ、俺の重い愛を感じてろ」

軽く耳朶を噛み、パジャマの裾からそっと手を差し込むと、擽ったそうに身を捩る。

「んっ、重い……ですか？」

「重いだろ。妻のすべてを把握していたい夫なんて」

「私は嬉しいです。だって、それだけ想ってくれてるってことだから」

はにかみながらふわりと微笑んでみせる羽海が愛おしくてたまらない。

「なら尚更、うまくやろうなんて考えるな。俺の想いを受け取ってくれ」

「はい。彗さんを、ください」

照れた表情で羽海が頷いた。

唇に触れるだけのキスを落とし、その甘さを堪能する。

舌先で唇の狭間をねだるようになぞり、わずかな隙間から小さく熱い口内へ入り込むと、羽海の手が彗の胸元をぎゅっと握りしめた。

以前は息継ぎもできなかった羽海は徐々に彗との口づけに慣れ、今では舌を絡めると応えるように差し出してくる。

少しずつ羽海の身体から力が抜け、くたりと彗に体重を預けている。

角度を変えながら何度も唇を重ね、その間にも彗は片手で器用に羽海のパジャマのボタンを外していった。

はだけた上着の隙間から覗くのは妊娠前につけていたようなデザイン性のある下着ではなく『授乳ブラ』と呼ばれる柔らかい素材のノンワイヤーのもの。

「あ、全然可愛くないやつ……」

カップの縁に多少レースがあしらわれているものの、望んでつけたいデザインではないらしい。

彗にとっては取るに足らないことだが、可愛くない下着を見られたとはずかしがる羽海が可愛くてたまらない。

羽海は慌ててパジャマを掴んで隠そうとしたが、彗の手が一瞬早くその動きを阻んだ。

「まだ余計なことを気にする余裕がありそうだな」

「だって……やっと二度目なのに、こんな……」

「俺が興味あるのは羽海の身体であって、下着じゃない」

身も蓋もない本音で女心を切って捨てると、羽海のパジャマの上着とブラを剥ぎ取る。

「あ……っ」

肌を晒すのがはずかしいのか胸の前で腕をクロスする羽海の手首を掴み、そのままソファへ倒れ込む。

潤んだ瞳で見上げてくる羽海は、普段の真面目で強気な彼女と違い、まるで小動物が肉食獣を前に震えているような庇護欲をそそる表情をしており、その喉元に噛みつきたくなる衝動をグッと堪えなくてはならなかった。

「はずかしさもわからなくなるくらい、俺だけを感じてろ」

言うなり、彗は羽海の素肌を探り出す。

首筋に舌を這わせながら、手は大きく膨らんだ胸元へと伸ばし、嫌がる素振りがないかと見極めながら進めていく。

授乳期とあってパンパンに張っている胸をそっと撫で、その先端を指先で軽く摘まむと、甘い吐息とともに羽海の腰が跳ねる。

片方は指で、もう片方は舌で、痛みを与えないよう触れるか触れないかという柔らかな愛撫を施し、彼女の反応を見逃さないよう上目遣いでじっと見つめた。

「や、それ、擽ったい……」

「擽ったいだけか？」

こくこくと頷く羽海を眺めながら、指先と舌での刺激をやめないまま。

緩く焦れったく触れる感触に背を反らせる反応を見ていれば、決してそれだけではないのがわかる。

「そうか。それなら素直にさせるまでだけどな」

ツンと主張する胸の先を甘噛みしてやれば、鼻にかかった声音で鳴き身悶える。

「やっ、あぁっ！」

「いい声だ。たまらないな」

「んっ、彗、さん……」

羽海の自分を呼ぶ甘えた声と反応に煽られ、言葉ほど余裕のなくなってきた彗は、羽海の腰を上げさせて身につけているものをすべて取り去った。

それから自らもTシャツを脱ぎ捨て、体温を分け合うように素肌を重ねて抱きしめる。

「羽海、触るぞ」

ひと言声を掛けてから、足の付け根に手を伸ばす。

心配とは裏腹に、そこは彗を待ちわびていたかのように潤っていた。

「すごいな。待ちきれなくて泣いてるみたいだ」

「や、やだ、ちが……っ」

「違わない。ほら」

わざと水音を立てて聞かせてやると、ぐずる子供のようにイヤイヤと首を振りながら唇を噛み締める。

「や、んんっ！」

「こら、噛むな」

「だって、あ、彗さんが、いじわる、するから……！」

「意地悪じゃない。こうやって羽海がちゃんと感じてくれるのが嬉しいんだ」

あやすように顔中にキスを落としながらも、指先は淫らに羽海のぬかるみの浅いところを刺激し続けている。

「あ、あ……っ」

「ほら。どこがいいか、鳴いて教えろ」

不遜な言葉とは裏腹に、彗の眼差しは蕩けるほど甘い。

少しずつ指を深く埋め込み、痛みがないかはもちろん、快感を拾えるポイントを探り当てようと蠢かす。

「んっ、あぁっ！」

ある場所に指が触れた途端、ポロポロと涙を零し髪を乱して嬌声を上げた羽海を見て、彗の口角が跳ね上がった。

「ここか」

「や、ダメ、ダメです……っ」

「ダメじゃない。全部把握したいって言ったろ。どこに触れたらどんな声で鳴くのか、全部知りたい」

子供を生んだとは思えないほど細い腰が痙攣するように震え、限界が近いと知らせている。

「大丈夫、痛くも怖くもない。気持ちよくなるだけだ」

彗は身を屈め、唇と舌、指先を使って羽海を快楽の縁へと押し上げた。

「あっあぁ……っ」

悲鳴のような声を上げ、くったりとソファに身を沈めた羽海を抱きしめる。

様子を見ながら手早く自身の準備を済ませると、膝を押し広げて彼女の中へ入った。

「羽海、大丈夫か？」

「平気、です」

彗を心配させまいと健気に微笑む羽海の目元は赤く、それが艶やかな色気を放っている。

ぷっくりとした唇を半分開け、必死に肩で息を整える姿さえなまめかしく感じた。

羽海の中は狭くて熱く、離さないとばかりに絡みついてくる感触に、グッと腹部に力を込めて耐える。

(あぁ、よすぎてやばいな)

久しぶりの行為という以上に、羽海への愛しさが募り、身体が感じる以上の快感が全身を包んでいる気がした。

身体を重ねるだけが男女の愛ではない。

羽海の気持ちが整わないのならばいつまでも待つ気でいたし、ハグやキスといったスキンシップでも十分満たされていた。

けれどこうして再び羽海の肌の滑らかさや温かさ、彗の名を呼ぶ濡れた声音、普段からは想像できない乱れた姿を目の当たりにした今、もう求めずにはいられない。

それらを知っている男は自分だけなのだという優越感と、もっともっと彗を教え込み、より羽海を堪能したいという欲求が渦巻く。

きっとこの先も羽海に対する想いはどんどん膨らみ、そのたびに彼女への愛の重さを思い知るのだろう。

「彗さん、彗さ……っ」

「動くぞ。辛かったら言え」

打ちつけられる熱情を必死に受け止めながら、彗に縋りつき名前を呼ぶ愛しい妻。

羞恥で桜色に染まっていた肌は、快楽で朱色へと色を変えていく。

艶やかな姿態を味わい尽くすように、その肌に自分の印を刻んだ。

「俺の初恋を奪ったんだ。羽海の全部を俺に寄越せ」

さり気なく羽海が初恋だと告げると、彼女は目尻を赤く染めた瞳を大きく見開く。

「は、初恋を奪ったって……」

「言ったろ。人生で初めて、女を愛しいと思ったって。俺の初恋は間違いなく羽海だ」

プロポーズで告げた言葉は嘘じゃない。

「愛してる、羽海」

彼女の奥深くまで入り込んで腰を突き上げ、愛の言葉を囁いた。

身体でも言葉でも伝わるようにと強く抱きしめ、重い愛を注ぎ込む。

「あぁっ！」

感極まり首を振った羽海の涙がキラキラと飛び散り、その美しさに目を奪われた。

(羽海の気持ちも、身体も、愛も、この涙さえも、全部俺のものだ)

脱力してソファに沈み込む妻を抱きしめ、涙で濡れた頬に唇を寄せる。

独占欲にまみれた己の思考に苦笑し、羽海の寝顔を堪能しながら夜は更けていった。

番外編２

雲ひとつない真っ青な空が眩しい日曜日。羽海が授乳を終えてリビングに戻ると、彗が唐突に「出かけるぞ」と言い出した。

「お出かけですか？」

相変わらず多忙な彗の貴重な休日。家でゆっくりするものだと思っていたが、どうやらこれから行きたいところがあるらしい。

「あぁ。羽海の誕生日プレゼントを買いに」

「えっ？　私の？　彗さんのじゃなくて？」

満腹になってごきげんな陸を抱っこしながら、羽海は驚きに目を瞠った。

彗は来週で三十一歳の誕生日を迎えるが、羽海の誕生日は五日前に終わっている。

当日、朝のニュース番組の冒頭で日付と時刻を告げるアナウンサーの声で『今日、誕生日だ』と自覚していたものの、彼が記念日などを気にするタイプには思えないし、なにも言わないところを見ると羽海の誕生日を知らないのだろうと思った。

羽海は婚姻届を彗が記入した後に書いたため、記載された生年月日を見て彼が同じ六月生まれであると記憶しているが、自分からその話題を出すことはなかった。

幼い頃は両親と貴美子からケーキやプレゼントで祝ってもらっていたし、恋愛や結婚に憧れを持っていた以前は、恋人ができたら素敵な誕生日を過ごしてみたいという願望もあったが、彗と結婚し陸が生まれた今、毎日が幸せで満たされているため、誕生日や記念日に拘る思考が薄れている。

そのためわざわざ今日が誕生日だと伝える必要性も感じず、日中は陸の世話に忙しく過ごし、午後には自分が誕生日だということを忘れていたくらいだ。

しかし、多恵から羽海が誕生日だと聞き不機嫌な表情で帰宅した彗によって、それは違うのだと思い知った。

『羽海の生まれた日を祝いたい俺の気持ちを無視しないでくれ』

『羽海のことは、全部把握していたい』

自らの愛情を『重い』と自嘲する彗だが、羽海は心から嬉しいと感じた。

誕生日をスルーしただけでここまでショックを受け、羽海のことで知らない情報があるのが許せないのだと拗ねる彼は擽ったいほど愛しくて、重いだなんて一切思わない。

そんな彼と誕生日に過ごした〝二度目〟の夜は、とても甘く濃密だった。

羽海の気持ちに寄り添い、ひたすらに優しく触れてくれた。

産後はパートナーと性的な触れ合いを避けたいと思う女性も一定数いると聞くが、羽海はそうではない。

一カ月検診で医師から夫婦生活の許可が出たらすぐにその時が訪れるものだと思っていただけに、肩透かしを食った気分だった。

とはいえ初めての育児でてんてこ舞い、寝不足から身だしなみに気を遣う余裕もなく、仕事から帰ってくる彗を出迎える頃にはヨレヨレになっている。

そんな有り様で「しないんですか？」と問いかける勇気は持てず、おあずけ状態が続いていたが、五日前にようやく無事〝二度目〟を果たした。

「プレゼントなら、もう十分もらいましたよ……？」

彗自身をプレゼントとしてもらった誕生日の夜を思い出すと、幸せで胸がいっぱいになるのと同時に、顔から火が出そうになるほどはずかしい。

『今夜は、羽海を思いっきり愛させてほしい』

彼はそう言ってとびきり甘く淫らに羽海を抱き、愛を囁き、忘れられない夜にしてくれた。

真っ赤になりながら尋ねると、彗はそんな羽海から視線を逸らし片手で顔を覆いながら「バカ、お前……」と呟いた。

「出かけようとしてるのに、ベッドに直行したくなるような顔をするな」

「なっ、なんですか、それ」

「あれでプレゼントが終わりなわけないだろ。ほら、陸こっち。オムツ替えておくから、支度してこい」

そうして連れ出されたのは、初デートでも来た百貨店。

あの時はメンバーズサロンに直行したが、今日はベビーカーを押しながら店内をゆっくり見て回るらしい。

「羽海のことだ、アクセサリーを贈ったところで陸がいるからつけないだろ。サプライズしようにも、過去撃沈してるからな。できれば普段から身につけるものを一緒に選びたい」

カッコつかなくて悪いな、と彗が肩をすくめる。

「そんな、全然……」

内心では跳び上がりたいほど感激しているけれど、うまく表現できない。

(どうしよう、めちゃくちゃ嬉しい)

カッコつかないだなんて、とんでもない。

羽海の誕生日を祝いたいと言ってくれるだけでも嬉しいのに、羽海の思考をわかっていることも、こうして一緒に選ぼうとしているのも、言葉が出ないほど嬉しい。

ブンブンと首を横に振ると、彗が「もう突っ返されるのはごめんだからな」と意地悪く笑う。

同居してすぐの頃の話を持ち出され、羽海は顔を赤らめた。

「だからあれは分不相応だったからで……」

もう忘れてください、と口を尖らせ、ふと疑問に思ったことを口にした。

「そういえば、あのバッグ返品したんですか？」

「するわけないだろ。あれはもう羽海のものだ。今のところ、ただのクローゼットの肥やしだけどな」

「う……もったいない……」

「そう思うなら使ってくれ。女帝の名を襲名するなら、あのくらい持ってても不思議じゃないしな」

「しませんよ、女帝襲名なんて」

互いに笑い合いながら通路を進み、羽海は隣を見上げた。

「でもいつか、あのバッグを持てるくらい素敵な女性になれたら、改めてプレゼントしてくれますか？」

「もちろん。いくつでも」

「いやいや、一個でいいです！　今あるやつで！」

慌てた羽海が余程可笑しかったのか、彗は声を上げて笑い、羽海の髪をくしゃりと撫でた。

「羽海は十分いい女だよ」

「……この俺が選んだんだからな、とか言うでしょう？」

「よくわかったな」

「もうっ」

照れくさくて、髪から頬に触れてきた大きな手をぺしっとたたく。

「本気でそう思ってるからこそ妻にしたんだ。たかがバッグひとつに見劣りするわけがない。仕事復帰した時にでも使ってくれ」

相変わらず不遜な物言いだが、本心だとわかるくらい彗から大切にされている。

「はい、ありがとうございます」

素直に頷くと、彗は嬉しそうに相好を崩した。

そんな会話をしながらいくつかフロアを回り、やってきたのはスポーツフロアの面積の約三分の一を占めるスニーカーショップ。

国内外のブランドのスニーカーを定番から最新モデルまで数多く取り揃えていて、メンズ、レディース、キッズまで充実したラインナップだ。

「あっ、あれが見たいです」

羽海の目に留まったのは、アメリカのボストンに本社のある有名スポーツシューズメーカーのスニーカー。約三十年前にアメリカのみで発売されていたモデルの復刻版で、アッパーやタン部分はスエード、タンラベル部分にはレザーが用いられ、シンプルながら高級感があり上品なデザインだ。

スニーカーにしては価格は高めだが、店頭にディスプレイされている商品を見て、「これだ！」と心が動いた。

「欲しい物、決まりました」

「靴？」

「はい！　三人お揃いのスニーカーが欲しいです」

きょとんとする彗とは裏腹に、羽海はワクワクする気持ちを抑えきれず、彗の袖を掴んで目当てのスニーカーを指さした。

「陸が歩くようになったら、これを履いてみんなでお散歩したい」

よちよち歩く陸を挟んで手を繋ぎ、三人で揃いの靴を履いて出かける。その様子を想像しただけで楽しく、心が躍った。貴美子と多恵が、まだ着られないサイズの服や遊べないおもちゃを大量に買ってしまった気持ちがとてもよくわかる。

「羽海の誕生日プレゼントを見に来たのに、三人お揃いの靴か」

「え、ダメでしたか？」

「いや。可愛いお願いだと思っただけだ」

彗は笑いながら袖を摘んでいた羽海の左手を取って口元に持っていくと、その指先にちゅっと音を立ててキスを落とす。

「ちょ、彗さん、ここ、お店……」

日曜日の昼過ぎとあって、店内には多くの買い物客がいる。

誰もが振り返る魅力的な容姿の彗が王子様のように手の甲に口づけをしていれば、それだけで注目の的だ。

意識的に色気を含んだ瞳と声音ではなおのこと人の目を惹く。

「単なるスキンシップだろ」

「彗さん目立つんですから、外では過剰なスキンシップは控えてください」

「誕生日にお揃いのものが欲しいなんて妻から可愛いおねだりをされて、すぐにでも押し倒したいのを我慢してるんだ。褒めてほしいくらいだ」

「な……っ」

「早く抱きたい」

指先をぺろりと舐めた後、最後のひと言は顔を寄せて耳元で囁かれた。

羽海の誕生日以来、箍が外れた彗に毎日のように求められ、この五日間で何度抱かれたかわからない。

身体にも脳裏にも焼きつくほど彗を教え込まれ、艶のある声が鼓膜を震わせるだけでお腹の奥がぎゅっと疼く。

それをわかっていて、こうして外でからかってくるのだから意地が悪い。

耳まで真っ赤に染め、涙が滲む非難の目を向けると、さすがにやりすぎたと思ったのか、宥めるように頭をぽんぽんと撫でられた。

「怒るなよ。親子でなにかをお揃いにするなんて初めてで舞い上がってるんだ」

そう嬉しそうに告げられれば、それ以上機嫌を損ねていられない。そもそも本気で怒っていたわけではないが。

「お揃いのもの、これから少しずつ増やしたいですね」

「まずは指輪だな。早く羽海のここに印をつけたい」

彗が握っていた左手の薬指をするりと撫でる。

零れそうなほど大きなダイヤモンドのエンゲージリングをもらったものの、あまりの豪華さに普段からつけるなんてとてもできなかった。

入籍時に結婚指輪を買いに行こうと話は出たが、羽海は妊娠中のむくみが強く、サイズが定まらなかったため購入しないまま今日に至っている。

「ちょうどいい。これから行くか」

家族三人分の靴の会計を終え、彗に促されて九階に向かうエレベーターを待つ。

「本当に？　彗さん、仕事中ほとんど指輪できないのに」

手術の時はアクセサリーなどすべて外すため、外科医は普段から結婚指輪をしない人が多いと聞く。

羽海としては指輪がなくとも気持ちは繋がっていると思えるし、贅沢すぎる婚約指輪をもらっているため、結婚指輪はなくても構わないと思っていた。

けれど、これに関しても彗は譲らなかった。

「オペ以外はつけていられるし、なにより羽海に俺のものだっていう証をつけててほしい」

独占欲を隠さない彗の言葉が胸を震わせる。

(お揃いの指輪をしていてほしいっていう彗さんの気持ちを蔑ろにしたくない)

それに本音を言えば、羽海だってモテる彗が結婚指輪をしていてくれた方が安心できる。

いつの間にかベビーカーの中でくうくう寝息を立てている陸にタオルケットをかけ直し、羽海は彗を見上げて微笑んだ。

「指輪がなくても私は彗さんのものです。でも、はい。一緒につけましょう、お揃いの結婚指輪」

ポンとレトロな音を立てて金色の豪奢な扉が開く。

エレベーターの中は無人だった。乗り込んでから階数ボタンを押し、閉まるボタンに手をかけた瞬間、後ろから覆いかぶさってきた彗に唇を奪われた。

「んっ、ん!」

触れるだけの可愛らしいキスじゃない。迸る感情をぶつけるような激しい口づけに、羽海は抵抗もできないまま翻弄される。

たった数秒がとても長く感じ、慣れたはずなのに呼吸が苦しく荒くなった。

「も、彗、さん……!」

トントンと胸をたたいて解放をねだると、緩められた腕の中でホッと息を吐いた。

誰もいない密室とはいえ公共の場で、防犯カメラなどはついているはずだ。

「外ではダメって、さっき言ったばかりです」

「ギリギリで堪えてるのに、煽ってくるお前が悪い」

「な、なんですか、それ……」

「帰ったら覚えてろよ。この指だけじゃなく、全身に俺のものだっていう印を刻んでやる」

その意味を理解した瞬間、一気に全身が熱くなる。

今夜どれだけ激しく愛されるのかという期待と想像が頭の中を占拠し、指輪どころではなくなってしまいそうだ。

「ほら、着いた。行くぞ?」

笑いながら片手でベビーカーを押し、もう片方を羽海に差し出してくる。

羽海は悔し紛れに「今日の夕飯はかぼちゃのグラタンにします」と呟き、その手を握り返した。

Fin

あとがき

こんにちは、蓮美ちまです。

『天才ドクターは懐妊花嫁を溺愛で抱き囲う』をお手に取っていただき、ありがとうございます。

俺様外科医とお掃除女子のシンデレラストーリーを書いてみようと筆を取ったのですが、いつのまにやらシンデレラではなく秀吉になっていました。

私は〝俺様ヒーロー〟というジャンルが得意ではなく、少しでも間違うと〝子供っぽい〟とか〝単なる嫌な奴〟になってしまったりと、とても悩みながら書き進めました。強引だけど優しさや可愛らしい一面があったり、モテるけど恋愛慣れしていないところなど、彗のギャップを楽しんでいただければと思います。

反対に、羽海はとても私好みのヒロインです。真面目な委員長タイプで、思ったことはすぐに口にしてしまう、真っすぐで芯の通った女性は書いていて気持ちいい。

看護師に意地悪された場面で、庇ってくれた彗に「私が売られた喧嘩だから」と退場願うシーンがお気に入りポイントです。

そんなふたりの祖母、貴美子と多恵の若かりし頃の恋愛模様を考えるのも、とても楽しかったです。

話は変わりますが、今作の発売日が私にとってデビュー一周年の記念日です。ふたりとも、なかなかドラマチックな人生を歩んでいますよね。

まさか一年でこんなにもたくさんの書籍を刊行していただけるとは思わず、いまだに受賞したところから夢なのでは?と疑いたくなるほど幸せです。

これからもキュンとできる物語を紡いでいきたいと思います。

最後になりましたが、今作途中までお世話になった若海様、たくさん相談事を聞いてくださりアドバイスをくださった工藤様をはじめ、この本の出版に携わってくださった全ての皆様にこの場を借りて感謝申し上げます。

また、表紙を描いてくださったさばるどろ先生。キラキラした美しいイラストで、思わず見惚れてしまうほど素敵です！　ありがとうございます。

そして、この本をお手に取ってくださった皆様。本当にありがとうございます。

また別の作品でお会いできますように。

蓮美《はすみ》ちま

蓮美ちま先生への
ファンレターのあて先

〒104-0031
東京都中央区京橋1-3-1
八重洲口大栄ビル7F
スターツ出版株式会社　書籍編集部　気付

蓮美ちま先生

本書へのご意見をお聞かせください

お買い上げいただき、ありがとうございます。
今後の編集の参考にさせていただきますので、
アンケートにお答えいただければ幸いです。

下記URLまたはQRコードから
アンケートページへお入りください。
https://www.berrys-cafe.jp/static/etc/bb

この物語はフィクションであり、
実在の人物・団体等には一切関係ありません。
本書の無断複写・転載を禁じます。

天才ドクターは懐妊花嫁を滴る溺愛で抱き囲う

2023年7月10日　初版第1刷発行

著　者　蓮美ちま
© Chima Hasumi 2023
発行人　菊地修一
デザイン　カバー　hive & co.,ltd.
校　正　株式会社文字工房燦光
編　集　工藤裟羅
発行所　スターツ出版株式会社
〒104-0031
東京都中央区京橋1-3-1　八重洲口大栄ビル7F
TEL　出版マーケティンググループ　03-6202-0386
(ご注文等に関するお問い合わせ)
URL　https://starts-pub.jp/
印刷所　大日本印刷株式会社

Printed in Japan

ISBN 978-4-8137-1456-9　C0193

ベリーズ文庫 2023年7月発売

『S系外科医の愛に落とされる激甘契約婚【財閥御曹司シリーズ円城寺家編】』 一ノ瀬《いちのせ》千景《ちかげ》・著

医療財閥の御曹司で外科医の柾樹と最悪な出会いをした和葉。ある日、料亭を営む祖父が店で倒れ、偶然居合わせた柾樹に救われる。店の未来を不安に思う和葉に「俺の妻になれ」――突如彼は契約結婚を提案し…⁉　俺様な彼に恋することはないと思っていたのに、柾樹の惜しみない愛に甘く溶かされていき…。

ISBN 978-4-8137-1452-1／定価726円（本体660円＋税10%）

『捨てられ傷心秘書だったのに、敏腕社長の滾る恋情で愛され妻になりました【憧れシンデレラシリーズ】』 高田《たかだ》ちさき・著

社長秘書の美涼は、結婚を目前にフラれてしまう。結婚できないなら地元で見合いをするという親との約束を守るため、上司である社長の要に退職願を提出。すると、「俺と結婚しろ」と突然求婚されて⁉　利害が一致し妻になるも、要の猛溺愛に美涼は抗えなくて…！　憧れシンデレラシリーズ第1弾！

ISBN 978-4-8137-1453-8／定価726円（本体660円＋税10%）

『愛に目覚めた外交官は双子ママを生涯一途に甘やかす』 若菜《わかな》モモ・著

会社員の和音は、婚約者の同僚に浮気されて会社も退職。その後、ある目的で向かった旅先でエリート外交官の伊吹と出会う。互いの将来を応援する関係だったのに、紳士な彼の情欲が限界突破！　隅々まで愛し尽くされ幸せを感じるものの、身分差に悩み身を引くことに。しかし帰国後、双子の妊娠が発覚し…⁉

ISBN 978-4-8137-1454-5／定価726円（本体660円＋税10%）

『冷徹御曹司の剥き出しの渇愛～嫁入り契約した薄幸OLが幸せになるまで～』 夏雪《なつゆき》なつめ・著

実家へ帰った紬は、借金取りに絡まれているところを老舗呉服店の御曹司・秋人に助けられ、彼の家へと連れ帰られる。なんと紬の父は3000万円の借金を秋人に肩代わりしてもらう代わりに、ふたりの結婚を認めたという！　愛のない契約結婚だったのに、時折見せる彼の優しさに紬は徐々に惹かれていき…⁉

ISBN 978-4-8137-1455-2／定価726円（本体660円＋税10%）

『天才ドクターは懐妊花嫁を滴る溺愛で抱き囲う』 蓮美《はすみ》ちま・著

恋愛経験ゼロの羽海はひょんなことから傍若無人で有名な天才外科医・彗と結婚前提で同居をすることに。お互い興味がなかったはずが、ある日を境に彗の溺愛が加速して…⁉「俺の結婚相手はお前しかいない」――人が変わったように甘すぎる愛情を注ぐ彗。幸せ絶頂のなか羽海はあるトラブルに巻き込まれ…

ISBN 978-4-8137-1456-9／定価726円（本体660円＋税10%）